I0761384

Levittown mon amour

Seix Barral Biblioteca Breve

Cezanne Cardona

Levittown mon amour

Diseño de interiores: © Juan Carlos González Juárez
Créditos de portada: © Genoveva Saavedra / aciditadiseño
Fotografía de portada: iStock / SoniaClaus (tanque), Tohid Hashemkhani (sofá), Thanh Liem (tulipán)
Fotografía del autor: Cortesía del autor

Bajo el sello editorial SEIX BARRAL M.R.
Avenida Presidente Masarik núm. 111,
Piso 2, Polanco V Sección, Miguel Hidalgo
C.P. 11560, Ciudad de México
www.planetadelibros.us

Primera edición impresa en esta presentación: junio de 2025
ISBN: 978-607-39-2875-5

Impreso en los talleres de Impregráfica Digital, S.A. de C.V.
Av. Coyoacán 100-D, Valle Norte, Benito Juárez
Ciudad de México, C.P. 03103
Impreso en México — *Printed in Mexico*

Para mis hijos Ariadna y Alejandro,
por todas las razones del mundo

Para Alex Maldonado Lizardi,
por el milagro de la amistad

Dijo el murciélago que él no era un pájaro
sino un ratón, y así se libró.

—Esopo

ÍNDICE

UNA ESCOPETA SOBRE LA HIERBA

Me faltaban trescientos dólares para comprarle un ataúd a mi padre, y no sabía qué más hacer. Lo había intentado casi todo: escuché el discursito insufrible que me dio el dueño de la Funeraria Boulevard sobre la durabilidad de los ataúdes más costosos, rogué inútilmente por un plan de pago, escogí el ataúd más barato y le pedí un adelanto a mi jefe de redacción, pero me lo denegó porque yo no era empleado regular, sino un simple *free lance*. Busqué en mi celular y no supe a quién llamar: no tenía hermanos, mi madre vivía en Orlando con su nuevo esposo, mis tías estaban muy viejas como para pedirles dinero, mis amigos más cercanos estudiaban literatura o daban clases en colegios católicos y Raquel me había abandonado por otro. Tampoco podía vender mi Corolla porque sencillamente no era mío, sino del periódico, y había firmado un papel en el que yo me hacía responsable por choques, robos, incendios, cristales rotos y rayados. Además, tenía que entregarlo con el tanque lleno. Así que volver al periódico no era una opción para mí; decidí quedarme en Levittown hasta que consiguiera el dinero.

Abrí una cajetilla de cigarrillos en el estacionamiento de la funeraria y fumé recostado de la jardinera para ver si se me ocurría algo. Debían ser las diez, tal vez las once de la mañana, y lo único que pensé fue maldecir a mi padre por haberse muerto —ahora y no antes— después de jodernos la vida a mi madre y a mí metiéndose toda la heroína del mundo. No sé si fue la rabia o la resignación, pero mientras fumaba recordé su revólver, un viejo Magnum que mi padre había traído de Vietnam. Creí que podía venderlo o empeñarlo y con eso tal vez comprarle un ataúd decente. Estaba seguro de que todavía guardaba el revólver en el mismo lugar de siempre, debajo de su cama en una caja de zapatos donde tenía fotos de su boda con mi madre.

Tiré la colilla a la jardinera, entré a la funeraria y le dije al dueño que le conseguiría el dinero del ataúd al otro día. «Tienes hasta las siete de esta noche», dijo tapando el auricular del teléfono. Parecía que hablaba con otro cliente. Abrió la gaveta de su escritorio, sacó una calculadora, escribió en un papel una cifra y me pidió que le diera unos minutos. Luego hizo una señal para que me sentara frente a su escritorio. Fue inevitable no escucharlo, parecía que había muerto un niño o algo así porque hablaba de medidas y de ataúdes especiales más costosos que cualquiera de los ataúdes más baratos para adultos. Lo hacía bien, no lo niego, su voz sonaba profesional, pausada y suave, aunque repetía las mismas frases que usó conmigo cuando llamé.

No sé cuánto esperé, pero fue lo suficiente como para aborrecer los cuadros con versículos bíblicos y las cruces que colocan en las oficinas de las funerarias. Tan pronto colgó, se disculpó como se disculpa alguien calvo, gordo y que se tiñe la barba de negro todas las semanas. Explicó que el cuerpo de mi padre llevaba casi dos días en la funeraria y que por ley no podía tener un cuerpo por más de tres días. Le pregunté al dueño de la funeraria si podía hacerme una rebaja y dijo que ya la había hecho. «Sin ataúd no hay entierro», dijo serio y decidido. Me levanté de la silla con rabia, y sin querer le di al escritorio y tumbé una foto familiar que estaba al lado de la computadora. No lo arreglé y antes de marcharme dijo que no olvidara comprar la ropa para el cuerpo de mi padre. «Debe ser nueva», dijo, «incluso la ropa interior». ¿Por qué carajo hay que comprarle ropa interior nueva a un muerto? Lo requiere la ley, dijo o se lo leí en el rostro, y salí pensando en la única cosa que podía pensar en ese momento: el revólver de mi padre.

La casa de mi padre quedaba a dos cuadras de la funeraria, en la marginal de la carretera 165. Hacía dos o tres años que no pasaba por allí. La última vez fue cuando mi padre me llamó desesperado porque no se encontraba las venas. Casi todas las casas que quedaban por allí se habían convertido en negocios de comida o en iglesias independientes. La única casa que quedaba con el diseño original era la de mi padre. Él fue de los primeros en comprar. Le dieron un buen precio por ser veterano a principios de los setenta, cuando Levittown ya era lo que es hoy, un suburbio para gente de clase media baja o para nuyoricans que decidieron regresar. Pero a mi padre le gustaba decir que a los ricos no les gustó Levittown y que por eso se fueron. «Esto ahora es de nosotros», decía. «Podemos ir a pescar al lago artificial cuantas veces nos dé la gana». Nunca fuimos.

La casa estaba abandonada. El pasto estaba alto y amenazaba con entrar por las ventanas. El viejo

Datsun sin motor y sin nada parecía el caparazón de una langosta que Dios no se atrevió a comerse. Siempre guardaba una llave en mi cartera, pero no la tuve que usar: la puerta estaba medio abierta y cuando entré había un televisor roto casi en la entrada, como si a alguien se le hubiera caído mientras intentaba abrir la puerta. El techo filtraba agua y el empañetado estaba desprendido; las varillas oxidadas parecían raíces de un árbol aéreo que busca tierra firme. Había baldes para goteras por todos lados y charcos de agua.

En la sala había una pecera en el suelo con piedritas azules y sin agua, pero con un buzo de juguete al lado de un cofre con oro plástico despintado. Al lado, una bocina de componente, marca Pioneer, un tocadiscos y discos de vinil mojados. La cocina era una pocilga. La nevera no estaba, los gabinetes amenazaban con caerse, y en el fregadero había un ejército de latas de atún viejas y abiertas que le servían de cama a una rata muerta, ya casi esquelética. La última vez que hablé con mi padre se quejaba de las ratas, que había demasiadas, más que en Vietnam, decía: «Han hecho demasiados negocios por aquí de fritanga, pizza, ostras y almejas, y el olor las atrae. Los otros días llamaron a la policía porque supuestamente yo me la pasaba disparándoles a las ratas... Pendejos, ni que tuviera tan buena puntería».

Entré al cuarto para ver si encontraba el revólver. La cama no estaba. En su lugar había un catre militar, ropa fuera del gavetero y una columna de discos de vinil, en mejor estado que los de la sala, como si fuera una mesita de noche. Una lámpara sin bombilla reinaba sobre un disco de Jimi Hendrix y una novela de vaqueros de Elmore Leonard. A mi padre le encantaban los vaqueros y nunca supe por qué. Todavía me parece verlo en una hamaca leyendo con su pose de hippie: una cola de caballo canosa y barba de una semana. Al lado del catre encontré zapatos, ropa húmeda, vieja, y un bulto para bates de béisbol marca Wilson. Adentro había dos bates, mi viejo guante de béisbol y una gorra de Los Calamares de Levittown. Lo cerré y lo puse cerca de la puerta para llevármelo como si supiera que eso fuera lo único que podía heredar de mi padre.

Miré debajo del catre y encontré la caja de zapatos. Me alegré de que todavía estuviera allí. Recordé las veces que, sigiloso, yo abría la caja y sacaba el revólver. Era negro y pesaba. Le apuntaba a todo lo que se movía: sapos, lagartijos, moscas, hormigas, cucarachas, ventanas, nubes, y a Dios (en ese orden). Mi padre nunca lo supo. La marihuana lo ponía soñoliento, el alcohol lo hacía roncar y con la heroína era realmente invisible. Nunca halé el gatillo, pero ahora pienso que debí hacerlo. Quizás así las cosas hubieran sido de otra forma, incluso hasta con Raquel.

Cuando abrí la caja no vi el revólver. Solo había casquillos, fotos, papeles guardados en bolsas Ziploc, y caca de ratas. Fui al carro y busqué guantes; siempre tenía por si acaso llegaba a una escena de asesinato o de accidente fatal antes que los policías. Me senté en el catre a rebuscar. No quise mirar fotos, no tenía mucho tiempo. De todas las bolsas Ziploc, solo una no tenía fotos. La abrí pensando encontrar documentos, pero lo que hallé fueron recortes de periódicos doblados y amarillentos. Cuando los saqué vi que allí estaban todos los artículos, reportajes y notas policiales que yo había escrito en el periódico. Odié ver mi nombre repetido debajo de aquellos ridículos titulares que yo nunca escogía: «Mueren cuatro calcinados en Noche Buena», «Descuartizan a joven madre», «La primera Masacre del año», «Mató a su familia, pero no pudo suicidarse». Encontré algunos más, pero los guardé en la Ziploc y extrañé a mi padre cuando llamaba por teléfono orgulloso por su hijo periodista. ¿Cómo carajo podía emocionarse por eso?

Le puse la tapa a la caja de zapatos, cogí el bulto para bates de béisbol, algunos discos —los cinco que podía salvar— y el tocadiscos para ver si podía sacarle algo de dinero. Los puse en el baúl, subí al Corolla y pasé por la avenida Boulevard buscando una casa de empeño.

Algunas cosas no habían cambiado: el tanque de agua seguía en el mismo lugar. Arriba todavía decía «Levittown, Toa Baja». Recordé que mi padre decía que el tanque parecía un calamar gigante, como esos que aparecían en las películas de los cincuenta y se comían parte del barco y los tripulantes le cortaban los tentáculos con hachas y se llenaban de tinta. Seguí buscando: clínica dental, Gomicentro, Tacolandia, Los cerditos, Wah Lunng, Levittown Muffles, Cariño's Pizza, Laboratorio Boulevard. Encontré una casa de empeño entre dos bares cerrados; uno de ellos estaba abandonado. El dueño era un anciano flaco, podría decir hambriento. Debía tener setenta años o más. Saqué los discos y el tocadiscos y los puse en la vitrina: uno de Jimi Hendrix, tres de Bob Dylan y dos de Dizzy Gillespie. Cuando los vio me miró por encima de los espejuelos: «¿Eres hijo de Manny?», preguntó. Le dije que sí con una sonrisa; hacía tiempo no escuchaba su apodo. «Tu papá intentó venderme todo eso hace unos meses». Le dije que había muerto y no me creyó. Dijo que mi padre lo había engañado muchas veces y que no se iba a tragar ese cuento. «Cuando vea a tu papá en la caja, entonces creeré que está muerto», me dijo. No tenía energías para comprobarle que estaba muerto, al fin y al cabo no podía invitarlo ni al velorio. Recogí los discos con resignación y cuando estaba a punto de salir me detuvo. «Te voy a ayudar a ti, no a tu padre», dijo. Y lo puse todo otra vez sobre la vitrina. Pensé quedarme con algo, quizá con uno de los discos de Dizzy.

Recuerdo el día en que mi padre compró las taquillas para ir a ver a Dizzy. Le dije que sí, pero poco antes de salir al concierto me llamaron del periódico. Tenían una emergencia y no había quién cubriera un doble asesinato en un motel en Toa Baja. Mi padre comprendió. En realidad no fue un doble asesinato, sino un matrimonio que murió asfixiado por monóxido de carbono. Querían hacer un trío y la mujer que esperaban demoró demasiado. Al parecer dejaron el carro encendido y murieron. Todavía recuerdo los cuerpos, las entrevistas que hice, la mujer que encontró los cuerpos y el maldito titular que le pusieron: «Querían hacer trío en motel y terminaron muertos». Mi jefe lo puso. Le grité moralista y pendejo y no sé qué otras cosas más. No me despidieron porque —me imagino— no se puede ser algo peor que un periodista *free lance.* Tuve que aceptar el titular a regañadientes. Mi padre no me llamó cuando salió publicada la noticia, como siempre hacía; fui yo el que lo llamé. Nos dimos unas cervezas en el bar La peseta y fuimos a comprar marihuana cerca del parque: fui yo el que se lo propuso y fue la primera vez —y la única— que fumamos juntos.

Como necesitaba el dinero, dejé el disco de Dizzy junto a los otros. El viejo de la casa de empeño me dio setenta dólares por todo. Los acepté como un favor, aunque sabía que si hubiera ido a un coleccionista le hubiera sacado por lo menos los doscientos dólares. Antes de irme le pregunté si por casualidad mi padre había ido por allí vendiendo un revólver. Dijo que no, que él no compraba ni vendía armas, que para eso tenía que ir a Sabana Seca o a Candelaria, pero no me lo recomendaba. Di las gracias y salí.

A las tres de la tarde todavía me faltaban doscientos dólares para comprar el ataúd. Eso sin pensar en la ropa nueva; había pensado en una guayabera o una camisa de béisbol, que no fuera de los Yankees, por supuesto. Manejé por la Boulevard sin rumbo. No sabía qué más hacer. Llamé a la redacción y le dije a mi jefe, con algo de sentimentalismo, que mi padre había muerto, que estaba en Levittown, que necesitaba dinero para el funeral (no quise darle detalles), y que por favor me asignara algo, cualquier cosa, que yo lo escribiría al momento. «¿Y tu padre ya no se había muerto?», dijo. La pregunta era legítima: mi padre llevaba años en los que casi se moría por sobredosis. «Pero esta vez fue la definitiva; ya no se iba a morir más», le dije. Hubo silencio en la línea por un momento y dijo que creía que tenía algo, que estuviera pendiente y me ofreció una esquela gratis. Le di las gracias y lo mandé al carajo. «No estoy jugando, Vargas», le dije. «Yo tampoco». Contó que cuando su padre murió gastó una millonada: «Fueron cinco mil, Dani. Tuve que hacer un préstamo de emergencia en una financiera de mierda y me dieron los chavos porque tenía permanencia en el periódico». Después del pésame, dijo que estuviera pendiente del teléfono, que iba a hablar con el de policiales y me llamaba.

Paré en la gasolinera Shell de Lago Vista. Y mientras echaba gasolina deseé que ocurriera una tragedia. Miré hacia el carro que estaba a mi lado y vi a un señor llenando un envase de gasolina y quise que rociara a la mujer que estaba en el asiento delantero, luego que él se echara por encima, sacara un encendedor y se prendieran en fuego. Luego pensé en un asalto, en un accidente fatal en la Boulevard, en una familia completa ahogada en el lago artificial, en un tiroteo de carro a carro. Antes de sacudir la pistola de gasolina pensé que mejor sería cubrir una masacre, porque las pagan bien, porque la gente compra más el periódico cuando eso pasa, y uno los escucha decir que las cosas están malas. Fue la primera vez que me sentí otro. Que las cosas ya no serían como antes.

Puse el tapón de gasolina, subí al carro y pensé en mi padre; en la muerte y en mi padre, porque la primera vez que pensé en la muerte andaba con él. Fue una tarde de verano, poco antes del anochecer, y mucho antes de que le diera con regresar con mi madre. Yo tenía siete, tal vez ocho años, y caminábamos por la orilla de la carretera 165, esa que conecta Dorado con Levittown. No recuerdo cómo estábamos vestidos; sí recuerdo el pastizal a un lado, y el mar al otro. En una mano mi padre cargaba un envase de gasolina rojo, y en la otra mi mano. Aún hoy, si cierro los ojos, puedo ver mi mano dentro de la suya, su mano gruesa y callosa. Y lo recuerdo porque apretaba fuerte, como si hubiera acumulado en algún lugar de sus huesos todas las veces que nunca me tomó de la mano, o como si no quisiera enseñarme nunca la línea exacta entre la caricia y el crimen. No importaba que su carro se hubiera quedado sin gasolina, ni lo peligroso que resultaba caminar por la orilla de aquella carretera solitaria, mucho menos la distancia que nos faltaba por recorrer. Yo solo quería que no me soltara nunca. Solo quería que la noche nos sorprendiera así, tomados de la mano.

Cuando estaba a punto de abandonar Levittown, recibí una llamada de la redacción. Dijeron que estaba de suerte, que habían matado a alguien en la Urbanización Camino del Mar, en la 165. «Quiero buenas fotos, Dani». Dije que no había problema, que las tomaría con el celular y que las enviaría junto con la nota. Apunté el número de la casa y fui hasta allá. El corazón me latía fuerte, casi podía ponerle nombre a cada latido, y cuando me puse el carnet de periodista juro que hasta el plástico y la foto también latían.

Supe cuál era la casa porque había una patrulla y en la puerta un policía hablaba por celular. Parecía que hablaba con una amante o algo así, porque sonreía como cuando uno intenta convencer a una mujer de su propia belleza. Me dejó pasar cuando vio mi carnet: «Está atrás, en el patio cerca de la piscina. No toques nada». Cuando dijo «está atrás» me decepcioné porque tenía esperanza de que fuera más de un muerto. Solo rogué que no fuera un niño ahogado en una piscina. Una vez me tocó cubrir uno y llamé a Raquel casi llorando diciéndole que quería llenarla de hijos, pero que nunca pondríamos una piscina. Creo que desde ese día todo comenzó a joderse.

La casa era lujosa, parecía que el dueño era doctor, ingeniero o dentista. No había huellas de violencia adentro, pero sí de que hubo fiesta. Había platos de comida en la cocina y en el comedor: picadera, tostitos, guacamole, salsas llenas de moscas. Tan pronto salí al patio me encontré con una mujer muerta en el suelo, boca abajo, en traje de baño, justo a la orilla de la piscina casi a punto de caer al agua, como si se hubiera arrastrado para esconderse en el agua o intentar llamar a alguien, porque en el fondo había un celular. Era rubia. Treinta y cinco, tal vez cuarenta años. Tenía los ojos abiertos y parecía mirar su reflejo en el agua. Había recibido varios impactos de bala en la espalda y una mano le suspendía sobre la superficie del agua. Por el brazo le había bajado mucha sangre, pero no como para teñir la piscina de rojo. En el agua flotaba un inflable de juguete en forma de dinosaurio, de esos que tienen el cuello largo y no comen carne.

Tomé algunas fotos; unas de cerca, otras de lejos y, mientras buscaba un ángulo, di algunos pasos hacia atrás en la hierba y tropecé con algo. Al principio pensé que era un bate de béisbol. Luego supe que era una escopeta. Cuando le iba a tomar una foto, pensé en mi padre, en el ataúd, y hasta en Raquel. Pensé que tal vez podría sacarle trescientos, quien sabe si cuatrocientos dólares, no sabía en realidad. Sería muy obvio si me la llevaba así o si buscaba alguna toalla de las que descansaban sobre las sillas de playa. De pronto, recordé el bulto para bates de béisbol de mi padre que tenía en el baúl. Regresé a la casa, atravesé la sala hasta la puerta de entrada y vi que el policía seguía hablando por celular. Le dije que iba un momento al carro para buscar la cámara y el trípode. No tenía trípode ni cámara, pero fue lo único que se me ocurrió decirle. Abrí el baúl y saqué el bulto. El guardia ni miró, parecía que invitaba a una mujer a comerse un mantecado o algo así. «Anda, un momentito, nadie nos va a reconocer: te recojo en la patrulla y prendo la sirena. Te va a gustar», decía.

Entré rápido, abrí el bulto y puse la escopeta entre los bates. No sabía si estaba cargada, era poco lo que sabía de armas. Estaba caliente, eso sí, pero imagino que era por el sol. Disimulé un poco, aguardé un rato y salí; el policía estaba de espaldas cuando le pasé por el lado. Puse el bulto en el baúl, subí al carro y arranqué justo cuando se acercaba otra patrulla. Tomé a la derecha y cogí la 165. Me temblaban las manos y no podía sostener bien el cigarrillo. Entonces caí en cuenta que no sabía a quién venderle el arma. Eran casi las cinco de la tarde y no tenía hambre. Doblé por la luz del Restaurante Campo Mar y cogí otra vez la Boulevard para ir a la pista; de seguro todavía estaba el mismo tipo que me vendió marihuana la otra vez y a lo mejor podían ayudarme con lo de la escopeta. Pasé por allí y solo encontré gente haciendo ejercicio, y viejos caminando.

Después de dar vueltas por horas buscando quién me podía comprar la escopeta, terminé por regresar a la funeraria. No había estacionamiento porque, al parecer, había un funeral. Así que estacioné más adelante frente a Cano's Pizza. Adentro había un equipo completo de béisbol juvenil comiendo. El olor a pizza me abrió el apetito. Saqué cuenta de cuánto faltaba y supe que no conseguiría el dinero a tiempo: mi padre seguiría allí, congelado en una nevera. Lo único que tenía que hacer era escribir la nota para el periódico, pero no quería, no después de llevarme la escopeta. Si la escribía podía incriminarme. O tal vez no. A lo mejor eso me libraba de cualquier sospecha. ¿Y si escribía la nota utilizando seudónimo? ¿Me protegería el periódico si decía que la escena había sido alterada? ¿Y si asaltaba la funeraria? Podría entrar con el bulto de béisbol y nadie se daría cuenta. ¿Y si le pedía al dueño de la funeraria que me diera el cuerpo de mi padre? No tendría ni que apuntarle, solo abrir el bulto, amenazarlo. ¿Cabría el cuerpo de mi padre en el baúl? Quizás en el asiento de atrás. Lo llevo a otra funeraria y ya. Pero se darían cuenta, llamarían a la policía. Estaba dentro del carro todavía. Ni siquiera había apagado el motor. Solo fumaba y pensaba.

Me quedé mirando a los muchachos comer en la pizzería. Parecía que habían ganado el partido. El uniforme era el mismo de hace años: gorra azul con una L y una C, camisa blanca con el símbolo de un calamar con los tentáculos estirados atrapando una bola de béisbol. Recordé cuando mi padre quiso que entrara a Los Calamares de Levittown; yo nunca fui muy bueno en el béisbol, me gustaba, pero yo francamente no tenía talento: lo supe porque cerraba los ojos cuando la bola se acercaba. Era un movimiento involuntario. Un exceso de instinto, tal vez. Lo intenté muchas veces, hasta que una bola golpeó mi frente. Me cogieron siete puntos. Tengo una herida en la ceja izquierda que a Raquel le gustaba; decía que iba con mi rostro, que no me podía imaginar sin esa cicatriz. Me dieron ganas de llamarla, pero desistí. En ese momento, algo terrible me vino a la cabeza; atroz y hermoso.

Por primera vez pensé en un titular: «Periodista asalta pizzería para comprar ataúd a su padre». Imaginé las letras negras en primera plana; imaginé mi vida en la cárcel, hablando con los reclusos de mis artículos, de mis notas, de cuántas veces les salvaron la vida porque esa era la forma de probar que habían hecho el trabajo; imaginé conversaciones con Raquel desde la cárcel. Imaginé sus visitas y sus promesas: que iba a dejar al abogado para casarse conmigo o que el abogado me iba a ayudar con un nuevo juicio. Y pensé en mi padre allí en la funeraria, congelado y feliz. Entonces cogí el bulto, me puse mi carnet de periodista y sentí —todavía me parece verme— que mi vida ya no iba a ser la misma, que la mejor parte de mi vida estaba a punto de comenzar.

SOFÁ

Mis padres me engendraron en el sofá de una tienda por departamentos. Mi madre trabajaba en la sección de Ropa Interior y era estudiante de segundo año de Enfermería. Mi padre trabajaba en la sección de Electrodomésticos, Ferretería y Jardinería, y era estudiante de quinto año de Ciencias Sociales. Apenas llevaban un mes saliendo juntos y nunca les había tocado el mismo turno. Hasta esa mañana de mayo. Nadie los vio entrar al almacén tomados de la mano —faltaba una hora para que la tienda abriera al público—; nadie tampoco los escuchó, a pesar de que el sofá aún tenía plástico en los cojines para evitar cualquier mancha. El sofá era más crema que amarillo, tenía patas de madera sólida y cabían cómodamente tres personas. Sin quererlo, aquella mañana ya éramos tres.

Tan pronto mi madre supo que estaba embarazada, compró el sofá. Fue lo primero que mis padres cogieron a crédito, y el único mueble que llegó en un camión a la casa que alquilaron con opción a compra en la Segunda Sección de Levittown. Lo demás llegaba en la *pick-up* Mazda de mi padre para ahorrarse el dinero de entrega. De nada le sirvió a mi padre cargar la cama en su *pick-up*, porque durante casi todo el embarazo mi madre durmió en el sofá, por culpa de una terrible acidez. «Valió la pena», me dijo mi madre, porque mis primeros pasos los di agarrado de aquel sofá. Tiempo después, usé los cojines de escalón para subirme a la mesita del televisor y lanzarme al suelo, como quien busca confirmar la gravedad con la barbilla.

Cuando nació mi hermana menor, el sofá fue mi refugio de bomba nuclear; la lámpara en la mesita era el hongo después de la explosión. Otras veces era el Death Star donde Luke Skywalker peleaba con Darth Vader, y otras tantas fue el *dugout* donde me enviaban cuando no me iba bien en el béisbol. Así fue que me hice fanático de Los Medias Rojas de Boston. No solo era su equipo favorito, sino que me gustaba escuchar los manotazos que daba en el sofá cada vez que Boston no entraba a los octavos de final, o Ted Williams —el mejor jugador de todos los tiempos, según mi padre— ya no podría salvarlos porque «ahora todos los peloteros usaban esteroides» y solo querían acumular cuadrangulares.

Allí vi los mejores conciertos de mi vida: las únicas veces que mi padre cogía la escoba era para convertirla en una guitarra eléctrica y las pocas ocasiones que mi madre tomaba el control del televisor era para usarlo como micrófono. No sé cuántas veces los vi bailar un bolero en una loseta y darse los besos más largos del mundo, luego de no hablarse por una semana. Solo una vez encontré a mi madre durmiendo en el sofá porque había comprado una aspiradora carísima sin consultarle a nadie. Pero el récord de dormir allí en realidad lo tenía mi padre: una porque llegó con pintalabios en el cuello, otra porque llegó borracho a las cinco de la mañana, y la última porque mi madre lo cogió besando a una prima que se estaba quedando en casa desde que su marido le dejara un ojo morado. Mi padre durmió allí por un mes completo. Hasta que mi abuelo se orinó en el sofá. Fue la primera señal de sus olvidos. Tuvimos que sacar el sofá al patio por la peste. Hubo que lavarlo con Clorox, y hasta se despintó. Cuando se secó, lo llevaron a tapizar y mi madre no tuvo otro remedio que dejar a mi padre regresar al cuarto. «Si le hubieras mandado a hacer el plástico, como te dije, esto no habría pasado», dijo mi abuela materna, que nunca quiso a mi padre.

Cuando la tienda por departamentos donde mi padre trabajó cerró sus puertas, el sofá fue nuestro aliado. No sé si llegó a darse cuenta, pero a veces —sin que me viera— yo echaba monedas entre los cojines para que él las encontrara. Durante ese tiempo dejé de comer dulces solo para ahorrar dinero y dejárselo a mi padre. Nunca fui gordito, pero rebajé algunas libras y hasta conseguí que una nena se fijara en mí. Le conté a mi padre de mis amoríos de adolescente las veces que lo acompañé al colmado a comprar medio galón de leche, o una libra de pan, una o dos cervezas, un galón de jugo de china concentrado y cigarrillos.

Creo que mi padre siempre supo que era yo era el que le dejaba las monedas, porque cuando entré a la universidad me llevó el sofá al hospedaje en Río Piedras. Todavía recuerdo el trabajo que pasamos para subirlo por las escaleras. Después de ocupar el poco espacio del hospedaje, celebramos la victoria con cervezas. Sentado y con un cigarrillo que nos pasábamos de cuando en cuando, me contó de sus andanzas en la universidad, de las piedras que tiró en la huelga y de su eventual expulsión. Yo sabía que mentía un poco, que exageraba. Lo sabía porque mi madre me había contado de sus discusiones, de las veces en que ella lo puso contra la espada y la pared para que dejara de perder el tiempo en la universidad y se fuera a trabajar. Aun así, su mentira me pareció sutil y hasta gloriosa; una forma tierna y honesta de ocultar el fracaso que yo le traje al mundo. Entonces lo vi por primera vez tranquilo consigo mismo. O eso creí. «Tu hermana está embarazada y tu mamá y yo nos vamos a divorciar», me dijo ese mismo día, mirando el círculo de agua que había dejado la cerveza en el brazo del sofá. Varias veces se quedó conmigo en el hospedaje y dormía en el sofá o se la pasaba leyendo los libros que me asignaban como si nunca los hubiera leído, y hasta me hizo leer un ensayo sobre Ted Williams.

Un día lo encontré dormido con las fotocopias de un libro de poemas abierto sobre el pecho. Cuando las tomé, vi que estaban subrayadas. Y así estuvo, subrayando todo lo que podía hasta que un día entró al apartamento y encontró a una muchacha desnuda en el sofá. Se disculpó mil veces y de ahí en adelante, si quería verme, me dejaba una nota en la puerta o me esperaba en un bar cercano: en El Refugio, en El Boricua o en cualquier otro que tuviera mesa de billar.

Cuando terminé Administración de Empresas, regresé a Levittown junto con el sofá y me fui a vivir con mi padre. Mi madre se había mudado y estaba a punto de casarse con un maestro de Educación Física retirado al que yo odié desde que lo vi. Estuve meses sin conseguir empleo y lo único que aparecía eran trabajos temporeros con los que no podía ni alquilar un estudio. «No vale la pena, vente a trabajar conmigo», decía mi padre cuando me veía llegar con un ridículo uniforme. Y así lo hice, me fui con él a limpiar patios. Con el tiempo, conseguimos un contrato con el municipio de Toa Baja para limpiar y cortar la grama de los parques de béisbol de Levittown. Fueron los mejores tiempos que pasamos juntos. Cuando terminábamos con la grama y recogíamos todo, jugábamos béisbol. Él bateaba y yo lanzaba, luego él lanzaba y yo bateaba, y, entre tanto, hablábamos. Me decía que las cosas habían cambiado, que ya la gente no respetaba los parques de béisbol, que los usaban como vertedero, que se encontraba con árboles de Navidad secos, lavadoras mohosas, inodoros y hasta caballos pastando. Otras veces decía que todavía amaba a mi madre, que falló como padre, y todas las cosas que puede decirle un padre a un hijo cuando comienzan a compartir la calvicie. Una vez acabó el año eleccionario, no nos quisieron renovar el contrato en el Municipio y mi padre quedó devastado. Meses después enfermó de cáncer.

Sus últimos días los pasó en el viejo sofá viendo juegos de béisbol conmigo, documentales sobre animales, vida salvaje, pesca, nazis, deportistas, cocina, calamares gigantes peleando con ballenas, y hasta de basura espacial. Hicimos listas de películas clásicas que mi padre quería que yo viera junto a él, hasta que murió en el sofá viendo el juego de estrellas en el que le daban un homenaje a su jugador favorito: Ted Williams. Yo había salido a comprarle sus pañales, leche, cervezas, y cuando llegué Ted Williams iba en un carrito de golf alzando la gorra mientras recibía un largo aplauso. Era tan largo aquel aplauso que hasta Dios tenía que estar envidioso. Pensé que mi padre se había quedado dormido y puse las cosas en la nevera. Abrí una cerveza y me senté a su lado a ver cómo Tony Gwynn ayudaba a Ted Williams, ya sin vista, a que lanzara la primera bola del partido. «Papi, tienes que ver esto», le dije para despertarlo, además ya tocaba cambiarlo. Cuando lo toqué estaba frío. Años después me pareció curioso saber que mi padre murió del mismo cáncer que padeció Tony Gwynn.

El olor de mi padre no abandonó aquel sofá. Los productos de limpieza que usé apenas dieron una tregua momentánea. El sofá estaba viejo y le había comenzado a dar polilla. Lo saqué a la acera, al lado de los zafacones, para que se lo llevaran los de la basura. Pero el camión pasaba, recogían la basura de los zafacones y ni lo miraban. Cuando les pregunté, dijeron que tenía que llamar a Escombros en el Municipio. Furioso, nunca llamé. Los vecinos comenzaron a quejarse: decían que habían visto ratas salir de allí, tecatos que dormían o se inyectaban y toda clase de mentiras que después resultaron ser ciertas. Todas las veces que tocaron a la puerta los mandé al carajo. Y me dejaban relativamente tranquilo cuando les decía que allí había muerto mi padre o que el Municipio estaba en quiebra o el camión de escombros no funcionaba. De todos, los vecinos del frente fueron los que más insistieron. Acababan de tener un bebé que comenzaba a caminar y decían que no querían criar a sus hijos frente a un basurero ni levantarse en la mañana y encontrarse con criminales durmiendo allí. Ahí fue que comencé mi propia guerra. Me levantaba temprano y si veía a alguien durmiendo allí, le llevaba café y galletitas. Uno de los tecatos resultó ser un boxeador famoso de Toa Baja o al menos eso parecía. La otra fue una muchacha de colegio que se había escapado de casa de sus padres y traía un bulto deportivo con ropa y una bola de voleibol.

Cansado de las miradas de mis vecinos, compré una sierra para hacer trizas el sofá y echarlo en pedazos al zafacón. Pero la mañana que lo iba a hacer encontré que una gata había parido allí sus gatitos debajo de los cojines. Eran tres, dos blancos y uno con manchas negras y blancas. Le puse nombres de peloteros muertos a cada uno, menos a la madre. En las mañanas y en las tardes les ponía comida en un platito y subía a la *pick-up* de mi padre a hacer patios. A veces, cuando llegaba a casa, me sentaba en el mueble a acariciarlos y a verlos jugar con la guata de uno de los cojines que habían comenzado a sacar con sus garras. Un buen día, los tres gatos desaparecieron y con ellos mis vecinos más cercanos. Para no sentirme solo, corté la grama del frente de las casas abandonadas.

Una tarde tocó a la puerta una extraña mujer que preguntó si podía usar el mueble —o lo que quedaba de él— para entrenar. No era gorda, más bien maciza, con la cara grasosa, llena de acné, cicatrices y le salía vello por el cuello y parte de las patillas. Era trigueña, tenía las cejas tatuadas, el pelo al ras, era bajita, musculosa, traía ropa de hacer ejercicios y la mirada feliz de quien ha sido infeliz. Dijo que no le gustaba cómo la miraban en los gimnasios y le pareció que el mueble era bueno para practicar golpes para sus peleas. Estaban de moda las mujeres boxeadoras, y me imaginé que a eso era que se dedicaba. Me quedé un rato en silencio pensando su propuesta y para convencerme —o tal vez porque era verdad— dijo que aquel era el mejor mueble que había visto en todo Levittown y que me pagaría algo semanalmente hasta que el sofá aguantara. Le dije que no le cobraría nada, que hacía tiempo buscaba deshacerme del sofá, y sonrió. Tenía un incisivo partido en diagonal.

Los primeros dos días me pareció que estaba viendo a una bestia. Me asomaba por la ventana y la veía golpear el sofá. A veces se ponía los cojines entre las piernas y lanzaba puños como si fuera un contrincante y hasta mordía la tela, le sacaba la guata y luego la escupía. Al tercer día le ofrecí ayuda. Tomé un cojín, como hacen los entrenadores de boxeo, para que ella lanzara golpes y patadas. Tenía mucha fuerza y casi todas las veces me tumbó al suelo.

La primera semana vino cuatro días y, cuando terminábamos de entrenar, le ponía por encima al sofá un toldo azul para que no se mojara. La segunda semana solo vino dos veces a entrenar. El sábado la invité a ver una de esas peleas que pasaban por Pay Per View. Dijo que sí. Ese mismo día, cuando regresaba del colmado con cervezas y cosas de picar, vi un sofá frente a una casa abandonada y sentí celos. Pensé lo peor. Intenté calmarme. Fui a casa y la esperé. Como vi que no llegaba decidí buscarla. No sabía dónde vivía —a uno no se le ocurre preguntar esas cosas a alguien mientras golpea un cojín— pero aun así subí a la *pick-up* y di vueltas por todo Levittown. Como no la encontré, comencé a ir a los lugares en los que imaginaba podía existir algún sofá abandonado.

Fui a la desembocadura del río, detuve la *pick-up* en las casas abandonadas de la Tercera Sección, en las ruinas de un colegio y en una gasolinera abandonada que se ve desde la 165. En total, encontré tres sofás: uno en la Cuarta Sección, otro en la Tercera y otro en Playa Cochino. El de la Cuarta tenía florecitas, el de la Tercera era de microfibra y el de la playa parecía que había mudado la piel. Supuse que los surfistas lo usaban para ponerse las chapaletas antes de entrar al mar para no cortarse un pie con la basura. Fui a una gasolinera, llené dos envases y quemé los sofás. A cada uno los vi arder en el espejo retrovisor mientras me alejaba en la *pick-up*. Como era de día y el espejo retrovisor era alargado, las llamas parecían mantequilla en un cuchillo de mesa. Nunca había hecho algo así. Fue maravilloso. Intuí que todas las cosas jodidas que habían sucedido en mi vida ya no volverían a sucederme jamás.

Dos días después, ella tocó a la puerta. Dijo que no pudo venir antes, que la disculpara, que tenía una pelea dentro de una semana y que necesitaba que la ayudara a entrenar. Le dije que sí, y no le reclamé. Le aguanté los cojines y resistí los golpes mejor que nunca. Mientras ella daba puños y patadas sentí que tal vez podía convertirme en su ayudante; imaginé que la acompañaba a las peleas, que le ponía inyecciones de esteroides en las nalgas, que le afeitaba las patillas y parte del cuello, o que nos sentábamos en el puente de las banderas a mirar la termoeléctrica.

En un descuido, me derribó. Me hizo una llave y puso sus muslos sobre mi pecho. Intenté zafarme pero no pude por la lluvia de golpes imaginarios. Como vio que no me rendía, que luchaba, se acercó a mi rostro y fingió morder uno de mis cachetes. Imité los gritos de dolor, di un golpe en el suelo y me rendí. Ella alzó los brazos en señal de victoria y cuando acabó de hacer el ruido de la gente gritando su nombre, miró mi rostro entre sus muslos y sonrió. No me importó su diente partido en diagonal. Pronto se haría de noche. Debajo de mí la grama estaba recién cortada, y en el cielo a la luna también le faltaba su mitad.

FORMAS DE BEBER AGUA

Cuando llegué al hospital aquella tarde, recordé que no había ido a la fiesta de cumpleaños de mi hijo. Lo supe tan pronto vi a Tere, mi exmujer, llorando en una esquina de la sala de Emergencias con el gorrito de cumpleaños todavía puesto. Era uno de esos de cartón en forma de cono, con banda elástica y dibujitos de las Tortugas Ninja, que mi hijo tanto adoraba. Por un momento, llegué a pensar que todo aquello era un truco más de mi exmujer para que le pagara los meses de pensión que le debía. Pero cuando me acerqué, lo primero que hizo fue pedirme perdón: «perdón, perdón, perdón, perdón, perdón, perdón», decía. Ahí fue que comencé a sospechar que algo había sucedido.

Intenté calmarla de mil formas. Le puse la mano en el hombro, le pedí que respirara hondo, le ofrecí una servilleta que traía en el bolsillo, le dije que fuera al baño y se lavara la cara, o que dejara de pedirme perdón —aunque en el fondo quería que siguiera— pero nada resultó. Estaba desesperada y la gente de la sala de espera nos miraba raro. No los culpo. Tal vez llevaban horas preguntándose quién sería el tipo que por fin le dijera a aquella mujer que se quitara el gorrito de cumpleaños que traía puesto. Y eso fue lo que hice. Se lo dije bajito y al oído. Tere me miró con cara de duda y con los cachetes llenos de lágrimas. Se tocó la cabeza y, cuando sintió el gorrito, se lo quitó de mala gana y comenzó a golpearme con él.

No era la primera vez que hacía algo así. Tere ya me había golpeado al menos tres veces. La primera vez me dio con un palo de escoba el día que se enteró que coqueteaba con una maestra del colegio donde yo enseñaba a tiempo parcial. La segunda fue con una cuchara de sopa —de esas hondas y de metal— la vez que agredí al jefe del otro trabajo a tiempo parcial que tenía. Y la tercera vez fue cuando finalmente me botaron del colegio. Tere me golpeó con la copa de plástico que me protegía los huevos en los juegos de béisbol. Nunca esquivé los golpes, y si lo hice fue por puro instinto. Tampoco lo hice en la sala de espera aquella tarde, lo juro. Pero cuando supe que Tere no se iba a cansar de darme, le agarré las manos y le quité el gorrito. Lo escondí detrás de mi espalda. Intentó quitármelo. Forcejeamos un poco. Doblé el gorrito como un abanico de papel para echarle aire. Fue peor. Tere comenzó gritarme.

Los gritos llamaron la atención del guardia de seguridad que estaba en el mostrador hablando con una enfermera. Vi al guardia caminando hacia nosotros y esperé lo peor. Era alto, gordísimo y tenía uniforme caqui. Por suerte, solo nos pidió que nos calmáramos y que nos sentáramos: señaló dos sillas disponibles al final de la fila de asientos. Las sillas parecían haber sido donadas por la sala de espera de algún aeropuerto. Los asientos estaban amarrados unos de otros. El guardia se acomodó su gorra y se nos quedó mirando hasta que nos sentamos. Era un poco más joven que yo y parecía trasnochado. Me pareció conocido. A lo mejor jugamos béisbol en equipos rivales cuando niños. Miré su apellido en el uniforme y el nombre de la compañía. Un apellido común, como el mío. La placa parecía de plástico. Como el brillo de una estrella, de esas que hacen los niños en un papel blanco cuando les toca dibujar la noche.

Tan pronto el guardia caminó de regreso al mostrador, Tere me arrebató el gorrito, se lo pegó al pecho y me dijo que el nene se pasó preguntando por mí. Le mentí, por supuesto; le dije que había tardado en llegar porque estaba comprándole el regalo al nene. Lo cierto era que no tenía dinero; apenas traía menudo en los bolsillos. Los últimos veinte dólares que tenía los había cambiado en billetes de uno, en la madrugada, y se los puse en el panti de encaje a una bailarina nocturna, cerquita de su cicatriz de cesárea.

Cuando vi que Tere se había calmado un poco, le rogué que me explicara qué había pasado con el nene. Pero cada vez que lo intentaba volvía a llorar. Opté entonces por adivinar accidentes a ver si por su reacción la pegaba:

—¿Se cayó de una mesa? ¿Se abrió la frente? ¿La barbilla? ¿Se fracturó una pierna? ¿Un brazo? ¿Se rajó la cabeza? ¿Se electrocutó? ¿Le dio un carro? ¿Se atragantó con un dulce?

Tere negaba todo con la cabeza. Nunca la había visto llorar así. ¿Y si Tere se puso a comprar una piscina de esas de plástico? Siempre quiso una. Tampoco recordaba si yo le había enseñado a mi hijo a nadar. Ni siquiera conocía qué tamaño de ropa o zapatos usaba. Sabía al menos que cumplía cuatro o cinco años, ni más ni menos. Entonces recordé que el nene me había pedido unos flotadores de brazo de las Tortugas Ninja para su cumpleaños. Sentí miedo.

No sé si fue una estrategia —quién sabe si también lo hice para que me perdonara la deuda de la pensión— pero le eché el brazo a Tere, como si estuviéramos en el cine, y empujé un poco su cabeza hacia mi hombro para que se recostara. Y lo hizo. No pude acariciarla mucho porque tenía el pelo recogido y duro por el gel. Es raro acariciar a quien ya no amas o quien te obligó a no querer. Además, Tere ya no era la misma; los años le habían caído encima. Ya nos habíamos hecho mucho daño —yo más veces a ella que ella a mí— pero con lo del nene parecía que se empataba la cosa.

Al rato, un médico se asomó por la sala. Era bajito, joven y con cara de recién graduado. Tere lo reconoció, se levantó y yo la seguí hasta las puertas que daban acceso al interior del área de Emergencias. Lo primero que dijo el médico fue que el diagnóstico era reservado, que lo habían estabilizado, pero que el nene había llegado con los signos vitales muy débiles, y que había que esperar por algunas pruebas para tomar alguna decisión. Tere se estrujó el gorrito de cumpleaños en el pecho y se ahogó en un llanto silencioso. Aproveché y me identifiqué como el padre del nene y le dije que mi exmujer no había querido decirme nada. El médico respondió que la ley no lo dejaba decirme nada, que solo podía hablar con el tutor o tutora legal, que era Tere. Traté de razonar con él. Le dije que se pusiera en mi lugar, que no podía dejarme así, que yo también tenía derechos o algo parecido, y que por favor me dejara verlo. Pero fue inútil.

—Yo no soy quien hago las leyes —me dijo señalándome un cuadrito laminado del pasillo donde podía leer la ley.

No recuerdo si lo miré. Lo único que quería hacer en ese momento era escupirle la cara. Tere vio mis intenciones y pidió que me calmara. «No compliques más las cosas», me dijo.

—Pues dime qué fue lo que le pasó al nene y me calmo —le dije.

Tere me miró y luego bajó la cabeza. Tardó en hablar.

—El nene se… Fue un accidente. No había llegado nadie al cumpleaños todavía… El teléfono sonó… Fui a atenderlo un momentito adentro… Y cuando salí al patio… lo encontré…

No pudo continuar. Se echó a llorar y se tapó la cara con el gorrito de cumpleaños. Entre sus dedos se veían los dibujitos de las Tortugas Ninja en pose de pelea junto a la frase «HAPPY BIRTHDAY!».

El médico le puso la mano en el hombro y la dirigió hacia la puerta que daba acceso al interior de Emergencias. Antes de entrar, llamó a una enfermera para que acompañara a Tere adentro y a otra le pidió que llamara a seguridad. Vino el guardia de la sala de Emergencias. Escuché cuando el médico le dijo que me escoltara hasta la sala de espera, que vigilara mis movimientos, y que no me podía dejar entrar hasta que no le asignaran un cuarto a mi hijo. El guardia de seguridad me escoltó hasta la salita. En una mano tenía el radio de comunicación y en la otra una cajita de esos chicles que se usan para dejar de fumar. Caminamos en silencio y con la antena de su radio de comunicación señaló dónde tenía que sentarme. En lo que me sentaba, abrió su cajita de chicles y se echó uno a la boca. Dio la espalda y escuché cuando le informó por radio a su jefe lo que pasaba. No me gustó cómo me describió. Había olvidado que tenía una cicatriz en la frente. Seis puntos.

Me senté frente a una pareja de viejitos que se abrigaban del frío con un solo abrigo; una manga era de él y otra de ella. Por suerte, quedé de espaldas al televisor. Daban una novela y se reflejaba en el cristal de la máquina de *snacks* que estaba casi vacía: una barrita de granola y una bolsa de papitas que parecía encajada como un semáforo a punto de caerse en la madrugada. Una nota pegada con *tape* en el cristal decía: «No acepta monedas». Justo al lado, otra decía: «Prohibido darle golpes o sacudir la máquina». Alguien le escribió la h que faltaba con un bolígrafo azul. Pensé en el hijo de una maestra del colegio que se enfermaba mucho y se pasaba metida en los hospitales.

Pensé también en mi hijo. Si hubiera estado allí conmigo de seguro estaría jugando en el cristal de la máquina de *snacks* con una de sus Tortugas Ninja; tal vez la hubiera puesto a brincar entre asientos, la habría enganchado en el andador de una señora, o puesto a nadar en el charco que hacía una gotera que caía del techo; a lo mejor usaría el anuncio amarillo de Resbala mojado como base de operaciones, rescataría a la mujer en traje de baño de la portada de una revista que leía una mujer (y que daba cinco consejos sexuales) y le habría hecho un collar con el cereal de colores que un niño había tirado al suelo. Extrañaba los ruidos que hacía cuando jugaba. Cada vez que Tere me dejaba verlo tenía un sonido nuevo para sus juegos. Las explosiones sonaban más sofisticadas, los muñecos muertos no resucitaban tan rápido, el motor de las naves y los carros eran más variados.

Llevaba meses sin verlo, y no podía quitarme de la cabeza el diagnóstico reservado. Los médicos siempre exageraban, pensé. No se atreven a decir nada para salvarse el pellejo por miedo a demandas. En cada trabajo que tuve siempre tenía un compañero que contaba los accidentes que habían tenido sus hijos. Al hijo de un compañero lo atropelló un carro mientras corría bicicleta y le dijeron que se iba a morir y ahora anda por ahí, lo más bien, apenas con dos o tres rasguños. El hijo de otro se cayó de una litera y quedó inconsciente por horas. Los médicos le dijeron que su hijo podía tener daño cerebral permanente, que a lo mejor podía quedar parapléjico o perder la vista y no sé qué cosas más. Ahora es el mejor jugador de béisbol juvenil que ha dado Levittown y de seguro lo firmarán en las Grandes Ligas. «Parece que le hacía falta la caída», dijo el papá una vez.

Ahí fue cuando sentí que todo iba a salir bien y que lo único que tenía que hacer en ese momento era conseguirle un regalo de cumpleaños a mi hijo. Quería llegar a su cuarto y ver su carita. Quería verlo jugar entre los cables de suero y los monitores. Quería escuchar los nuevos ruiditos que había inventado para las naves, las balas y las explosiones. Quería ver la cara de mi exmujer diciendo por dentro: «al menos quiere a su hijo».

Así que busqué en mis bolsillos porque sabía que mi cartera estaba vacía. En monedas, tenía apenas un dólar con cincuenta y seis centavos. Con eso no podía ni regresar en guagua a Levittown. Mi única salvación era que, por casualidad, encontrara algún juguete que estuviese en liquidación en alguna farmacia. Le pregunté a los viejitos que tenía al frente si había alguna por allí. Me dieron la dirección. Salí.

Caminé una o dos cuadras hasta que la encontré entre dos edificios abandonados. Era una de esas farmacias de comunidad: vitrinas con rejas, mercancía maltratada por el sol, el horario escrito a mano en un papel pegado a la puerta, góndolas atestadas, olor a maquillaje pasado de fecha y detergente barato. Había poca gente adentro: un empleado de piso pasando mapo en un pasillo, una cajera limándose las uñas, y una empleada en el dispensario de medicinas contando pastillas. Nadie me vio entrar y caminé por los pasillos hasta que encontré el área de juguetes, al lado de pañales para adultos, bastones y muletas. Había trompos, canicas, un paracaidista, una pistola de fulminantes con municiones, una placa de policía de plástico —más linda que la que usaba el guardia de seguridad de la sala de Emergencias—, unas esposas de plástico, soldaditos, briscas, juego de uñas plásticas, muñecas y pulseras para niñas. El más barato costaba $2.99 y nada era de las malditas Tortugas Ninja. Fui al pasillo de efectos escolares y no vi ninguna libreta que pudiera gustarle o que mi hijo no tuviera ya. Por casualidad, vi una pistola de agua verde con dibujitos de las Tortugas Ninja que alguien había dejado allí mal puesta. La envoltura estaba fea, era como si una madre se la hubiera arrancado de las manos a su hijo en pleno llanto porque no podía comprársela. Costaba $9.99 y de seguro no me harían una rebaja que pudiera pagar. Era mi única opción en ese momento. Adentro no se veía rota ni nada, a pesar de tener la envoltura de plástico doblada. Era verde y el gatillo amarillo. Era perfecta.

Tuve una parecida cuando niño y del mismo color, solo que sin ningún diseño y mucho más barata; era algo transparente y se veía cuánta agua le quedaba. Me la compró mi madre en un supermercado Econo. Le había formado un berrinche porque no me quería bajar del carrito de compra y me la dio para que me callara. Duró poco. En una de sus borracheras, mi madre le hizo un roto con la punta de unos de sus tacones. Intenté repararla con *tape* negro. Pero cuando la llenaba, el agua se colaba y me mojaba la mano. Así que cuando apuntaba tenía que ser rápido porque me quedaba sin municiones. Se quedaron cosas sin mojar: sapos, moscas, una fila de hormigas, gallinas de palo, las vírgenes marías, la cara de mi madre, los retratos familiares laminados que había en casa, las verdísimas plantas artificiales de mi abuela y los amantes de mi madre. En ese orden.

Sabía lo que tenía que hacer. Miré a todos lados. Sillas de plástico vacías en la sala de espera, el ruido del cubo del mapo del empleado de limpieza, el sonido del aire acondicionado, la cajera limpiando el mostrador de cristal con una servilleta, las pastillas cayendo en un frasco: ese era mi momento. En realidad, no sabía por dónde empezar, si quitarle el plástico poco a poco o rápido para que nadie escuchara. El corazón me latía con fuerza. Hacía tiempo que no hacía algo así. «Robas como empleada de limpieza», me dijeron una vez. Necesitaba un guante de béisbol nuevo y, después de una práctica de béisbol en un parque de la Segunda Sección de Levittown, me metí en una casa que quedaba cerca del parque con algunos amigos. Mientras ellos cargaban con bocinas o buscaban prendas, yo me llevaba ceniceros que le gustarían a mi madre, un juego de cuchillos o simplemente abría la nevera y comía algo.

Para disimular, me acuclillé y saqué, de una vez y por todas, la envoltura. Miré a todos lados. Al parecer nadie se dio cuenta. Cuando me estaba poniendo la pistola en la cintura —como los gatilleros en las películas—, el empleado de mantenimiento pegó un grito y me amenazó con el palo del mapo. Corrí hacia la salida, pero me encontré con un tipo de unos cincuenta años, corpulento y más alto que yo, que resultó ser el dueño de la farmacia. Tenía los brazos cruzados, corbata, el ceño fruncido, y el pelo y el bigote demasiado negros para su edad. Le dije que no quería problemas. Que yo le dejaba la pistola y me iba. Que por favor no llamara a la policía. Le expliqué que mi hijo estaba en el hospital, que cumplía años, que no tenía dinero y quería llevarle un regalito. Hubo un silencio. Luego se acercó. Con cada paso escuchaba las llaves que le colgaban de la cintura. Me pidió que me sentara en una de las sillas de la salita de espera. Le dijo al empleado de mantenimiento que se quedara en la puerta, por si acaso, y a la farmacéutica le pidió que le trajera algo que no entendí.

—Siéntate aquí, varón —dijo.

Tan pronto lo escuché supe que vendría con una lección religiosa, y juro que preferí que llamaran a la policía. Hubiera sido mejor, tal vez más justo. Puso la silla de plástico frente a mí, y me interrogó. Le dije todas esas tonterías que uno dice cuando está desesperado y él me escuchó hasta que la farmacéutica le trajo una Biblia gorda, forrada de cuero. Abrió el *zipper*, sacó de sus bolsillos unos espejuelos y comenzó a buscar un pasaje. El ruido de las páginas aún me taladra la cabeza. Quería salir corriendo. Quería que acabara de encontrar el pasaje. Quería que dejara de pasar las páginas. Quería ver a mi hijo. Pero estaba atrapado. Las rodillas del tipo casi tocaban las mías y cualquier movimiento lo notaría. Se puso los espejuelos bifocales casi en la punta de la nariz, me miró a los ojos y me dijo que aquella era la palabra, y comenzó a leer.

No sé si entendí bien lo que leyó. Contó la historia de un profeta al que Dios le pidió que llevara a la gente de su pueblo a beber agua y que según bebieran agua iba a escoger a quiénes irían con él y quiénes no. Creo que unos se arrodillaron y otros bebieron agua lamiéndola como perros. Pero no recuerdo a cuáles Dios escogió. ¿Por qué carajo a Dios le va a importar cómo la gente bebe agua?

Cuando terminó, el tipo me miró esperando una reacción y yo me quedé en silencio asintiendo con la cabeza, como si hubiera entendido. Para que no preguntara, puse cara de arrepentido y rogué que no se pusiera a orar. Por suerte, se levantó y cuando pensé que todo había acabado, el tipo me puso la mano en el hombro. Guardó sus espejuelos en el bolsillo de su camisa y dijo que el Señor había hecho cosas lindas por él: le había dado una vida nueva, una esposa nueva, un negocio nuevo, un carro nuevo, una hija nueva, y que estaba seguro de que esa pistola de agua iba a obrar un milagro en mi vida y en la de mi hijo. Había escuchado cosas extrañas, pero esa jamás. Pensé que me estaba regalando la pistola, así que no se me ocurrió devolvérsela. Salí de allí cabizbajo para que el tipo no creyera que había perdido el tiempo conmigo.

Cuando pasaba frente a la vitrina de un *pet shop* abandonado —con peceras vacías y rotas—, me puse la pistola en la cintura y saqué mi camisa por fuera. El resto del camino lo hice pensando en lo que le diría a mi exmujer si preguntaba por la envoltura o el papel de regalo.

Por suerte, cuando entré a la sala de espera de Emergencias habían cambiado al guardia de seguridad. Tere tampoco estaba por todo aquello. Antes de ir al mostrador y preguntar por mi hijo, fui al baño y llené la pistola con agua; había escuchado de un tipo que despertó de un coma gracias a una gotera que caía del techo. Me costó caminar con la pistola en la cintura, tan fácil que se ve en las películas. Pregunté y dijeron que habían pasado a mi hijo a Intensivo en el tercer piso. Subí.

La puerta del ascensor abrió en un pasillo solitario y medio oscuro. Caminé algo perdido y cuando doblé a mano izquierda vi al fondo una puerta que decía Intensivo, «Solo Personal Autorizado», y frente a la puerta otro maldito guardia de seguridad. Tenía el mismo uniforme crema y caqui. Era viejo, flaco, no se había afeitado en tres días y podía ser mi abuelo. Todo parecía quedarle grande: la gorra, la camisa, el pantalón, hasta el radio de comunicación le pesaba en su cintura. Creí haberlo visto en otros sitios y con otros uniformes: en el balneario de Punta Salinas, en Los Dominicos Shopping Center, frente a la escuela Albizu Campos velando que nadie se trepara en el tanque de agua de Levittown, en la entrada de una urbanización apuntando los nombres y las tablillas de los visitantes, con una linterna alumbrando los ruidos de los que quieren robarse los materiales de construcción, o en el cine de Río Hondo. Le pregunté si podía pasar y dijo que no, que la hora de visitas se había acabado.

—No soy yo quien pone las reglas, solo sigo órdenes —me dijo.

No sabía qué decir. Y le pregunté si él podía dejarle un regalito a mi hijo cerquita de la camilla porque ese día era su cumpleaños.

—En Intensivo no se permite entrar ningún objeto —dijo y tosió.

Era una tos seca. Fea. Buscó un pañuelo y lo desdobló. Escupió algo. Lo dobló rápido y se lo guardó en el bolsillo. No pude ni rogarle. Dijo que la próxima hora de visita era de 2:00 a 2:30 pm del día siguiente. La conversación pudo haber quedado ahí, pude haber dado la vuelta y ya, tal vez ir al otro día o simplemente esperar. Pero las cosas nunca son tan sencillas.

—Llegue más temprano la próxima vez —dijo.

Sin pensarlo dos veces, saqué la pistola de agua, apunté y halé el gatillo. El primer chorro le dio en la frente. El guardia se quedó pasmado. Pensé que pediría refuerzos por radio o que sencillamente se lanzaría encima de mí. Al segundo tiro pestañeó obligado por una gota que le bajó por la frente. Se quitó la gorra. Al tercero, abrió la boca. Y después no pude parar. Disparé como si pudiera hacerle daño. En vez de detenerme, insultarme, pedir ayuda por radio o lanzarme un golpe, buscaba con su boca los chorritos de agua. Era rápido. De pronto, me detuve y el viejo se acercó:

—Ah, ah, ah —dijo como si quisiera más.

Entonces apunté dentro de su boca. Casi podía ver su garganta. Tenía pocos dientes —tres como mucho— y las encías algo ennegrecidas. Disparé todo lo que tenía y el viejo cerró los ojos, confiado en que yo seguiría disparándole toda el agua que pudiera. Tragaba cada gota. No esperaba que se le hiciera una piscina en la boca. Era como si no hubiera bebido agua en días. Me dolía el dedo de tanto apretar el gatillo. Cambié la pistola de mano, y el viejo ni siquiera lo notó.

Cuando el agua de la pistola se acabó, el guardia de seguridad abrió los ojos. Me miró con una sonrisa de alivio, buscó en sus bolsillos y me dio las monedas que tenía. Fue sutil. Maravilloso, tal vez. Las tomé y las guardé en el bolsillo. Le di la espalda con la pistola todavía en la mano y mientras caminaba de regreso al ascensor, sentí que podía hacer esto durante el resto de mi vida.

MEAÍTO

Con mi primer cheque de la pizzería, le pagué a dos exalumnos de mi madre para que fueran al hospital y le agradecieran por todo lo que ella les había enseñado. Yo mismo fui a buscarlos en el carro de la pizzería. Teníamos más o menos la misma edad y habían sido los peores estudiantes de mi madre. Pero ella nunca lo diría así porque mi madre siempre le buscaba la vuelta a las cosas. Por ejemplo, cuando se dio cuenta de que yo había abandonado la universidad y de que su cáncer regresaba, hizo un trato conmigo: ella me dejaba la mitad de la marihuana que le recetaban para sus dolores si yo leía libros o cuentos que ella me asignaba. «No voy a dejar que un hijo mío ande por ahí sin lecturas, aunque sea repartidor de pizzas», decía.

Así que trancé por los cuentos porque eran cortos. Pero me arrepentí enseguida porque no los entendía de la primera y mi madre pensaba que no los había leído. Entonces, delante de mí, escondía la marihuana dentro de un peluche del caballo del Quijote que le había regalado mi padre. Se lo había ganado en las fiestas de la Boulevard, borracho como tuerca, y murió sin enterarse que aquel no era Rocinante, sino el caballo de un vaquero de juguete que salía en una película animada de Disney.

Todo empezó uno de esos días en que la llevé al hospital, tras un episodio de mareos y vómitos por la quimio. Tan pronto le pusieron suero y se estabilizó, mi madre me pidió que fuera al apartamento y le trajera un bulto con ropa. Yo aproveché para buscar aquel peluche a ver si le quedaba algo. Lo encontré en la gaveta de su mesita de noche. Era color terracota, ojos saltones, y un *zipper* en el vientre como si fuera una alcancía. Cuando abrí el *zipper* apenas encontré residuos, dos o tres hojitas sueltas que no daban ni para una cachá. O mi madre se lo había fumado todo de cantazo, y por eso se desmayó, o lo escondió en otro lugar. Y por aquel tiempo no habían medicalizado la marihuana, y todavía la llamaban pasto, o ganya, o gallo, o yerba, o mota, y no cannabis medicinal, ni tampoco había dispensarios en cada esquina, como ahora, con banderitas verdes y cruces blancas ondeando al viento. Cuando devolví el peluche a la gaveta, vi una tarjeta que le habían regalado sus estudiantes en una fiestecita de jubilación, que tenía mensajes generales de recuperación y de esos que decían «Eres la mejor maestra del mundo». Solo dos estudiantes no le escribieron y lo supe porque mi madre apuntó sus nombres y sus direcciones en una esquina de la tarjeta, tal vez con la intención de visitarlos. Al parecer nunca fue. Escribí sus nombres y sus direcciones en la libreta de recibos de la pizzería y, después de mi turno, pasé por sus casas.

Uno vivía en la Tercera Sección, cerca del Parque de Pelota, y el otro en la Sexta Sección, frente a la pista y las canchas de voleibol. El primero vivía con sus padres y el segundo con su abuela. El primero era empleado de piso, a tiempo parcial, en Supermercados Selectos, y el segundo vivía del Seguro Social de su abuela. Cuando les propuse que fueran a visitar a mi madre tuve que recordarles quién era ella y qué clase daba. Exigieron más dinero cuando les pedí que le dijeran lo mucho que la literatura les había ayudado en sus vidas. Sonó ridículo cuando lo dije. Así que solo les sugerí que dijeran cosas generales y les repartí a cada uno sus profesiones: un abogado notario con oficina en la Boulevard, y un publicista dueño de una compañía de rótulos. Pero todo salió mal. Se pusieron a discutir frente a mi madre; uno acusó al otro de haberle robado la falsa profesión: «se supone que yo fuera el abogado y tú el publicista», se decían.

Mi madre, que le buscaba la vuelta a todo, lo resolvió contando anécdotas de ambos en las obras que montaba en el anfiteatro de la escuela Albizu Campos. Uno hizo de fantasma en una obra y el otro de mensajero, y nunca dijeron una línea bien, ni siquiera algo tan sencillo como «La reina ha muerto». De castigo por la mentira, mi madre me pidió que les pagara con el cheque de mi nuevo trabajo y que los llevara a sus casas.

No volvimos a hablar del asunto hasta que la dieron de alta, dos días después. Los médicos dijeron que, de ahora en adelante, en vez de quimio, le darían radioterapia. No entendí la diferencia hasta semanas después cuando le vi el pecho a mi madre con ronchas rojas y anaranjadas, como los pepperonis en una pizza. Tan pronto llegamos al apartamento y la acomodé en su cama, mi madre abrió la gaveta de su mesita de noche, sacó su libreta y me dijo que quería que averiguara el paradero de su mejor estudiante y que me pagaba con la mitad de su porción de yerba si la encontraba. Le dije que sí enseguida porque la yerba recetada de mi madre era más potente que la que compraba en el parque.

Se llamaba Graciela Enríquez, fue la nota más alta de su clase, pero no asistió a la graduación ni recogió sus medallas de alto honor ni dio el discurso de graduación que se supone que diera y que había practicado con mi madre. Mientras apuntaba la dirección de aquella estudiante, mi madre sacó el peluche de la gaveta y lo hizo cabalgar por el aire. Le pregunté por qué hacía eso y me dijo que esa era una referencia a una escena de un libro, que yo no he querido leer, y en la que unos duques convencen a Sancho Panza y a don Quijote de que se subieran a un caballo de madera con los ojos vendados. El caballo tenía unas clavijas que lo hacían subir y bajar como los toros mecánicos. Ambos se montaron con los ojos vendados y, tras dos o tres movimientos, creyeron que el caballo volaba, o que rozaba las nubes, o que se acercaban al sol. Luego se enteraban de que nunca habían despegado del suelo y los criados de los duques se burlan a carcajada limpia. Mi madre hizo un gesto de frustración y me tuvo que explicar el chiste: «que, si por casualidad, llegaba a encontrar a Graciela, yo iba a coger una nota como las de Sancho y Quijote. Eso era todo», me dijo. A fin de cuentas, siempre fui el peor estudiante de mi madre.

Graciela Enríquez vivía en la Sexta Sección, en una de esas casas que miraban de frente hacia la carretera

167. Una reja de barras de aluminio verticales y algo maltrechas dividía la calle de la carretera. Al otro lado había un Wendy's, y un supermercado Econo. Entre ambos había un pequeño bosquecito de árboles florecidos antes de tiempo que llaman «meaíto». En realidad, yo no sabía en qué época del año florecían los «meaítos» porque siempre andaban florecidos y apestosos. Anaranjadas y parecidas a las amapolas, las flores salían de un saquito, del tamaño de los dientes de ajos, llenos de una agüita amarilla y medio podrida por dentro. Recordé que, cuando chiquito, me gustaba ir a casa de mi abuela paterna, en el barrio Candelaria, solo para pisar los saquitos de los «meaítos» y verlos explotar. Para mí explotaban como las minas terrestres que usaban en las películas. El problema era la peste que dejaban. Olían como a cerveza fermentada. De cierta forma, mi padre olía a eso, a «meaíto». Al menos, así olía el día en que le regaló a mi madre el peluche del caballo.

No fue difícil conseguir la casa por el anuncio que había en la marquesina: «Graciela's Nails Salon». Cuando llegué todavía le quedaba una cliente. El olor a acetona se llevó la peste a queso y a pepperonis que yo llevaba encima desde que comencé a hacer *deliveries* para Papa John's Pizza. Graciela no supo qué decir cuando se enteró que venía de parte de mi madre.

Fue una mezcla de sorpresa, de vergüenza y algo de hambre porque yo traía puesta la gorrita de Papa John's. Agravé la cosa cuando le dije que mi madre tenía cáncer y que quería verla antes de morirse. Sonó ridículo cuando lo dije. Pero era cierto. Tal vez era lo único cierto que diría en mucho tiempo, tan cierto como las ronchas que le dejaba la radioterapia a mi madre en el pecho.

Graciela me pidió que la esperara afuera en lo que terminaba con la cliente y me senté en el bonete del carro. Al otro lado de la carretera, en el estacionamiento de Econo, los empleados guardaban los árboles de Navidad dentro de un vagón con refrigeración. Desde donde estaba parecía que los árboles caminaban hacia el vagón. Ayudaba que era noviembre, que oscurecía temprano, y que habían prendido un foco que iluminaba el estacionamiento.

Cuando Graciela se acercó, algo tímida, me dijo que lamentaba la enfermedad de mi madre, pero que le daba mucha vergüenza ir a verla porque la dejó plantada en la graduación. Era más linda que guapa: bajita, flaca de cara, ancha por culpa de tres embarazos seguidos, el pelo rizo, una papada tierna, los ojos marrón clarito, y las uñas pintadas de anaranjado casi fosforescente que se había hecho para Halloween. Me preguntó si podíamos hablar dentro del carro porque le había puesto una orden de alejamiento a su exmarido. Se supone que su exmarido no estuviera a tantos pies de su casa, pero a cada rato se aparecía por allí en su grúa *flatbed* cerca de donde estábamos estacionados y llamaba a sus hijos para jugar. Cuando Graciela amenazaba a su marido con que iba a llamar a la policía sus hijos defendían a su padre. Decían que su padre era más divertido y que los dejaba jugar en los carros que traía trepados en la grúa, carros chocados, con enredaderas, con los cristales rotos, aplastados, con los *airbags* salidos como paracaídas o llenos de limo. Pero la policía nunca llegaba o, si lo hacía, su exmarido decía que estaba a la distancia que le había dictado el tribunal. De chiquito, me hubiera encantado jugar entre aquellos carros chocados, pero eso no se lo dije.

—Por favor —me dijo. No le cuentes a tu madre todo este desastre o dile cualquier cosa, invéntate algo.

Para calmarla le confesé que, a diferencia de ella, yo siempre sería el hijo inútil de la mejor maestra de la Albizu. Busqué en el *dash* del carro el cable de la bombilla del letrero de Papa John's en la capota, lo conecté, y le dije que aquellos pepperonis del letrero eran mis medallas de alto honor, porque ni siquiera el Toyota Tercel era mío, sino de mi madre.

Y nos reímos mirándonos a los ojos. Luego hicimos un silencio largo que terminó en una invitación a fumar yerba. Fue ella la que dio el primer paso, se bajó del carro, cruzó la calle, fue hasta su casa, le dio dos o tres regaños a sus hijos, que nos espiaban por la ventana, y regresó con una carterita con *zipper*, como el que tenía el peluche por debajo. Enrolamos y fumamos dentro del carro mirando cómo los empleados de Econo, al otro lado de la carretera, iban guardando los árboles de Navidad en el vagón.

Aquella yerba no era tan potente como la que le recetaban a mi madre, pero aun así Graciela se soltó y me contó que esos árboles de Navidad le recordaban una obra que hizo con mi madre afuera del anfiteatro de la Albizu. Mi madre la hizo afuera porque quería utilizar la pompa de agua de Levittown como símbolo del poder de la corona. Así que cada vez que hacían referencia al poder de la corona señalaban la pompa de agua. A Graciela le tocó hacer de la nueva reina de Escocia y era esposa del antiguo general del ejército que asesinó al rey al que le servía para quedarse con la corona. Recordó parte de un monólogo en el que convencía a su esposo de matar al rey y a toda su familia heredera. Y así lo hizo, solo que uno se escapó. Mientras más hablaba de aquella obra más se parecía a mi madre. Entre cachá y cachá me contó que, en la obra, unas brujas le habían dicho al nuevo rey que, a partir de ese momento, nadie podría vencerlo, a menos que el bosque de Birnam se moviera hasta Dunsinane Hill. Puse cara de no saber qué era eso y me dijo que era un bosque, y señaló el bosquecito de «meaítos» al lado de Econo. Pero no dijo «meaítos», sino tulipanes africanos.

—Esos son los hijos bastardos de los flamboyanes —le dije.

—No está mal para ser el peor estudiante de Missis Vega —me dijo.

Graciela dio una última cachaíta, como si lo necesitara para seguir contando, y me dijo que, en la obra, el hijo del rey muerto logró reunir a un ejército y utilizaron ramas del bosque para disimular su avance hacia el castillo. Cada uno de los soldados llevaba una rama y, a lo lejos, parecía que el bosque se movía. Cuando uno de los mensajeros avisó al rey que el bosque se movía, el rey no le creyó. Al final la reina murió y también el rey. Y todo por no creer que los árboles del bosque podían caminar. No sé si era que aquella yerba se tardaba en hacer efecto, pero nos empezamos a reír porque aquellos árboles de Navidad del estacionamiento de Econo parecían un ejército en retirada.

Aproveché la risa para coger confianza y le dije que por favor fuera a visitar a mi madre, que de seguro se pondría muy contenta. Le di la dirección, Lago Vista II, en la Cuarta Sección y el número del apartamento, y se me ocurrió que, tal vez, fuera preparada para hacerle las uñas a mi madre. Sugerí que le hiciera diseños con el tema alusivo a las obras de teatro que montaron en la Albizu. Sonó ridículo cuando lo dije, pero nos reímos y me dijo que lo pensaría, que me llamaría a la pizzería.

Varios días después llamó y preguntó por mí. Ese día, hice mi turno lo más rápido que pude para tener más tiempo con Graciela y, cuando llegué, nos metimos dentro del carro, me enseñó los diseños que pensaba hacerle a mi madre en las uñas, y fumamos y nos besamos. En ese orden. Y así estuvimos por casi una semana. Veíamos caer la noche y, tras dos o tres cachaítas, los empleados que guardaban los árboles de Navidad desaparecían un poco entre las ramas y los arbolitos parecían que caminaban solitos al vagón.

Poco después de Thanksgiving, le dije a mi madre que al fin había encontrado a Graciela, y que pronto la vendría a visitar. Pero sospechó que no le estaba diciendo toda la verdad y me dijo que no me pagaría hasta que Graciela la visitara. No había cobrado mi quincena aún y empezaba a desesperarme porque no había fumado en días, y Graciela había visto la grúa de su marido merodeando por su casa. Le insistí a mi madre para que me diera algo de dinero porque había hecho parte del trabajo que me pidió, pero se negó. Entonces, utilicé lo que me dijo Graciela sobre aquella obra de teatro y le dije a mi madre que me podía pagar porque me había leído una obra de teatro de Shakespeare, sin que ella me lo pidiera. Puse cara de intelectual cuando se lo dije. Le conté más o menos lo del rey asesino, lo del bosque que se movía, pero sonó ridículo cuando se lo conté porque confundí los nombres de los bosques. De seguro que ni Sean Connery, que era escocés, se sabía el nombre de aquellos bosques.

—Buen intento —dijo mi madre.

Abrió la gaveta de su mesita de noche y sacó unos billetes para que le hiciera un favor. Aprovechó que aquel era mi día libre y me pidió que le comprara un árbol de Navidad, de esos naturales, que vio en un *shopper* de Econo. Sin saberlo, mi madre me había hecho un favor porque desde allí podía mirar hacia la casa de Graciela. Busqué un estacionamiento pegado a la marginal, lo más cerca de la carretera 167 para ver si estaba la grúa del exmarido. Graciela me la había descrito por si acaso: era negra y en la puerta decía Kike's Towing Service. No la vi por todo aquello y fui a comprar el árbol. Me di cuenta de que estaba enamorado de Graciela porque no dejé de pensar en ella mientras miraba los árboles de Navidad. Escogí el más barato, busqué el carro, le pusieron la mallita blanca por encima, lo montaron encima de la capota del carro, lo amarraron y pillaron la soga con la puerta. Antes de irme, me fijé que cerca del estacionamiento del Econo habían empezado a tumbar el bosquecito de «meaítos». Le pregunté al empleado y me dijo que iban a expandir el estacionamiento del supermercado.

Doblé a mano derecha por la marginal y vi los troncos de «meaítos» tirados en la acera, esperando por los escombros, y el reguero de flores anaranjadas y saquitos explotados en la brea. Alguien igual que yo se había encargado de explotarlos con las gomas del carro. En el semáforo de la 167, llamé a Graciela por celular, pero no me contestó y decidí pasar por allí. Una calle antes de la casa de Graciela se me atravesó la grúa *flatbed* negra y se bajó un tipo corpulento, barrigón, que tal vez fue guapo cuando joven. Supe que era el exmarido porque me amenazó y me dijo que no quería verme más por allí. Le puse seguro a las puertas cuando sacó una cuchilla del bolsillo. Pensé que me iba a vaciar una goma o algo así, pero cortó las sogas del árbol de Navidad que llevaba en la capota. Adentro del carro se quedaron los pedazos de soga que el empleado del supermercado había pillado en la puerta. Con una sonrisa cínica me dio las gracias por el arbolito y lo montó en la plataforma de la grúa.

No sé cómo di marcha atrás porque las manos me temblaban. Me detuve en la intersección, por el McDonald's, y llamé a Graciela para avisarle que su marido andaba por allí. Salió el *voice mail*. En el semáforo miré hacia todos lados pensando que la grúa me perseguía, y regresé al Econo sin más remedio a comprar otro árbol. Pero los chavos no me daban y si le contaba a mi madre de seguro no me creería. Llamé a Graciela a ver si me prestaba chavos, pero no me contestó. Entonces me asomé desde el estacionamiento de Econo hacia la calle donde vivía Graciela y vi a su exmarido en la verja de aluminio con mi árbol de Navidad. Le había quitado la redecilla blanca que le ponen para que no se espeluzara en la capota del carro y lo había amarrado a la verja. A su lado estaban sus tres hijos, y Graciela al frente de su casa, con miedo de cruzar, llamando a sus hijos. Por la forma en que manoteaban, me imaginé lo que decían. Graciela amenazaba a su exmarido con llamar a la policía, o les pedía a sus hijos que se metieran a la casa, y mientras más lo decía sus hijos se amarraban aún más a las piernas de su padre. El exmarido manoteaba, pero a la vez acariciaba a sus hijos y me lo imaginé diciendo que la culpa de que él tuviera que colocar los regalos de Navidad a sus hijos en un árbol amarrado a la verja era de ella, por ponerle una orden de alejamiento. Me dio rabia y pena a la vez. Y supe que no vería más a Graciela.

Consideré robarme un árbol de Navidad, pero era imposible. Me monté en el carro, doblé por la marginal a mano derecha, pero me detuve frente al bosquecito de «meaítos». En la acera había un montón de troncos cortados. Pensé en aquellos soldados de la obra que me contó Graciela. Entonces lo entendí todo. Busqué el más frondoso, lo puse en la capota y lo amarré con los pedazos de soga que quedaron dentro del carro.

De regreso a casa, por la Boulevard, me imaginé que le contaba toda la verdad a mi madre, que ella me creía todo, y que le encantaba la idea de poner un «meaíto» como árbol de Navidad en el apartamento. Casi la podía escuchar diciendo: «Pablito, tremenda idea». Y me imaginé la escena: mi madre y yo poniéndole luces y guirnaldas al «meaíto»; mi madre y yo colocando una estrella en la punta del «meaíto»; mi madre y yo acomodando el pesebre debajo del «meaíto» mientras mi madre me decía que la paja del pesebre debió oler también a «meaíto». Me imaginé que mi madre y yo nos fumábamos la yerba que estaba dentro del peluche del falso Rocinante, y que la yerba nunca se acababa, y que la yerba le curaba las ronchas de la radioterapia a mi madre, y que las ronchas ya no parecían pepperonis, sino flores de «meaíto», y que esa yerba le daba fuerzas a mi madre para montar una última obra de teatro antes de morirse, y que yo actuaba en aquella obra, y que hacía del hijo de aquel rey que lograba recuperar su corona usando las ramas de todos los «meaítos» de Levittown.

GRACIAS POR EL FUNERAL

Ni crean que voy a decirles cómo conseguí la oferta de dos funerales por el precio de uno. Solo diré que todo comenzó en el techo de casa. Aquel era mi refugio desde que cerré mi oficina en Levittown. Fingía que había un problema de filtración, me ponía un sombrero de jardinero, gafas de sol, ropa de pintar la casa, bloqueador solar, recostaba una larga escalera de aluminio a la pared hasta el segundo piso, subía un jueguito de silla y sombrilla de playa, y una paila de pintura llena de hielo y cervezas. Allí no me molestaba nadie y tenía una vista de hotel: a un lado, la parte menos mohosa de la pompa de agua de Levittown, que a veces parecía una Torre Eiffel tropical; al otro el bosque del balneario de Punta Salinas; y en una esquina, el mangle de la desembocadura del lago y el puentecito de la carretera 165 con la baranda de cemento rota, debajo del cual se unía el agua de mar con las aguas sucias del lago. Pero el paisaje me duró poco: olvidé que me habían cortado el teléfono celular por falta de pago y, una tarde, Gladys se subió al techo buscándome, desesperada. Todavía me parece escucharla cuando me dijo con la voz entrecortada: «Gabriela», «Escapó», «Colegio», «Fúnebre».

Le pedí que se calmara y que me lo repitiera más despacio. Pero antes de decirme, Gladys me abrazó como buscando consuelo, y temí que, por encima de mi hombro, descubriera que dentro de la paila de pintura no había ni pintura ni poliuretano, sino hielo y cervezas; temí que descubriera que yo no estaba sudado, ni sucio de tanto trabajar, sino fresquecito, desempleado, limpio, lujosamente depresivo, y oloroso a playa, es decir a puro bloqueador solar. Gladys tenía su uniforme de asistente de farmacia puesto todavía y, por lo que me dijo, pensé que había tenido otra discusión con Gabriela cuando la fue a buscar al colegio. Le dije que lo cogiera con calma, que Gabi estaba a punto de cumplir los dieciocho, y que tan pronto se fuera a la universidad tendríamos más tiempo para estar juntitos los dos. La sentí temblar y aún abrazándola empecé a jugar con el cierre de su brasier como si fuera la baranda rota del puentecito de la 165, que los del municipio habían pintado de amarillo. Gladys me empujó con cara de «qué te pasa, cómo se te ocurre aquí y ahora» y me dijo algo parecido a esto: «Lo que pasa es que la muy estúpida de tu hija le dijo al guardia del colegio que tu mamá se había muerto y que los de la funeraria la fueron a buscar, porque nosotros no podíamos. Y el muy pendejo del guardia le creyó todo».

No era la primera vez que Gabi se escapaba del colegio. Pero esta vez no fue un simple escape. Lo sospeché por el reguero de imágenes que me hice en la cabeza mientras bajaba la escalera: Gabi besando a su novio en el carro fúnebre; Gabi encima de su novio, en la parte de atrás, donde antes estuvo un ataúd; Gabi con los ojos cerrados de placer en la parte de atrás del carro fúnebre donde antes hubo un ataúd del cual quedan pétalos sueltos de la corona que llevaba encima; el novio de Gabi, aún sin rostro, encima de Gabi en la parte de atrás del carro donde antes hubo un ataúd y ahora quedaban flores de las coronas que se mueven al ritmo del reguetón. Traté de pensar mejor en mami encamada en el asilo, o en la ropa de cama que le llevamos hace poco, o en todos los nombres de gente muerta con los que me nombraba cuando la visitaba. No hizo falta que llamara al asilo para ver si mami estaba bien porque Gladys ya había llamado y me dijo que mami estaba bien, es decir que todavía no se había muerto o que aún seguía igual, más muerta que viva.

—Cámbiate y vámonos —me dijo.

—¿Pa' dónde? —pregunté.

—A buscar a Gabriela, así tenga que ir por todas las funerarias de Toa Baja.

—Suerte con eso —le dije. Toa Baja tiene como diez funerarias.

—¿Suerte? —me dijo furiosa—. De esta no te vas a escapar. Vas a ir conmigo, aunque sea para asustar a alguien con una demanda o algo así; nadie sabrá que te colgaste en la reválida.

Gladys no perdía la oportunidad de restregarme en la cara mi fracasada carrera de abogado. Años atrás monté junto con mi tío una oficina de notaría por la Séptima Sección de Levittown; yo puse la casa de mi difunto padre y mi tío el nombre. Yo daba la cara y mi tío la firma; yo me comía la calle y mi tío estampaba su prestigioso garabato; yo ponía sellos y mi tío su número de licencia. Y nos fue muy bien así. Con eso compramos una casa en Camino del mar. Gladys, que siempre tuvo los pies en la tierra, se opuso: a ella le pareció un chiste vivir en un lugar tan caro y tan cerca de Levittown. «Total, no veo cuál es la diferencia», decía, «si detrás de nuestra casa tenemos el mismo lago sucio que se ve en la Séptima Sección. Tanto que te quejas del Burger King de la Séptima y la peste a papitas fritas y ahora te quieres mudar cerca del otro Burguer King», me decía Gladys. Y yo, para justificar, le decía que el viento de playa de Punta Salinas se llevaba lejos el olor a fritanga. Así que fui yo el que insistió: la idea era que, tan pronto pasara la reválida, yo me encargaría de la oficina porque mi tío quería retirarse. Pero todos los años me colgaba. Después de la quinta vez, que era mi última oportunidad, me tenía que ir a estudiar otra vez, pero Gladys se negó y me dijo que ya era suficiente, que yo no podía coger otro préstamo estudiantil más, que los nenes estaban creciendo a las millas, y que me buscara otro trabajo, así fuera sellando techos.

Me negué por orgullo y cuando mi tío murió tuve que cerrar la oficina. La puse en alquiler, pero todos los que fueron me dijeron lo mismo, que querían una rebaja porque tenían que invertir en arreglar el lugar. Así que todavía estaba sin alquilar. Llegamos a pensar en entregarle al banco la casa de Camino del mar, porque la hipoteca y el mantenimiento eran muy altos, y volver a convertir la oficina en casa. Pero Gladys se negó, y con razón, todas las casas alrededor ya no eran casas, sino negocios y a cierta hora la oficina olía a Whopper Junior. En las tardes, la voz del servi-carro de Burger King se escuchaba en la oficina: declaración jurada con extra-cebolla; afidávits en combo con papas y refresco; declaratoria de herederos ¿sencilla o doble carne?

Para reducir el perímetro de búsqueda, llamé al Colegio Bautista y pedí hablar con el guardia que dejó salir a Gabriela a ver si podía sacarle información. Tardaron en buscarlo y, cuando supo que era yo, se asustó: me dijo que no quería perder su empleo. Le dije que no se preocupara. Aquel guardia llevaba muchos años trabajando en el colegio y Gladys y yo le teníamos cariño. Era flaco, bastante mayor, casi decrépito, parecía que necesitaba beber agua, bastante, y hacía turnos en el colegio y en el hospital donde murió mi padre. Me dijo que el coche fúnebre era negro —como casi todos en el mundo— y que en la puerta del carro decía Levittown algo, pero no recordaba lo demás. Le di las gracias, enganché y le dije a Gladys que la búsqueda la podíamos reducir bastante porque Levittown tenía solo dos funerarias: la Boulevard, por la Segunda o Tercera Sección, y Levittown Memorial, en la Séptima. Me di un baño para disimular el sudor y el trabajo de sellado de techo que no hice y fuimos a la que nos quedaba más cerca.

—¿Tú sabías que Gabi tenía novio? —me preguntó.

—Bueno, novio no —le dije. Sabía que tenía un amigo, pero asumí que era del colegio.

—¿Y por qué carajo no me dijiste nada?

—Por lo mismo de siempre —le dije—. Porque te pones a pelear con ella y yo tengo que meterme en el medio, de árbitro, para que no se maten. Además, tú fuiste la que me dijiste hace poco: «Brega tú con Gabriela, que parece que te escucha más a ti, y yo me encargo del nene».

—De hecho —me dijo Gladys—, ni preguntaste por Ignacio; lo dejé en casa de mami mientras resolvemos esta mierda. ¿Te acuerdas que mami es paciente de cáncer o se te olvidó eso también?

Hice silencio y miré el parque de pelota de la Tercera Sección: destruido. Caballos pastando, basura en el *home*, una nevera, grafitis y un sofá con basura. Solía ir con mi padre a aquel parque.

—Yo vi venir todo esto —me dijo.

—¿Lo del parque?

—No, chico, lo de Gabi. Siempre la pusiste en mi contra. La parí yo, pero siempre fue tuya. Y ahora resulta que tu querida hijita tiene un amorío con un tipo mayor de edad, que la busca al colegio en un coche fúnebre, y que para colmo mató a tu madre, a tu madrecita querida, y tú no te indignas ni un poquito, para salir de todo esto siendo el mejor papá del mundo.

Entonces caí en cuenta de todos los funerales a los que había ido Gabi en poco tiempo. Mientras conducía hacia la funeraria hice cuenta, y en un semestre Gabi había matado a cuanta abuela, abuelo, tío, tía, primo o prima de las amigas de Gabi. ¿La habrá venido a buscar el mismo tipo en el mismo carro fúnebre, lleno de flores robadas a coronas de los muertos del día?

—Y recuerdo que te dije que era sospechoso que Gabi fuera a tantos funerales —me dijo Gladys—. Pero me dijiste que lo cogiera con calma. ¿Cómo es posible que estés tan tranquilo, coño? ¿O todavía crees que exagero demasiado? Para ti todo lo que yo digo siempre es demasiado: demasiado grito, demasiado regaño, demasiadas exigencias, demasiado control, demasiadas reglas, demasiado yo.

Recordé las veces que le leía a Gabi aquel cuento infantil cuando pequeña: *Too Much Birthday*, creo que se llamaba. Era sobre unos osos que preparaban el cumpleaños de la nena. La familia acababa de cortar un árbol, hablaban sobre los anillos de los árboles y papá oso decía que los osos tenían algo mejor que anillos: cumpleaños. El papá osó organizó una fiesta para su hija con adornos, confeti, invitados, todo tipo de regalos, juegos. Pero mamá osa estaba siempre con los brazos cruzados, cautelosa, y molesta, porque sabía que todo aquello era demasiado cumpleaños para su hija. Gabi y yo nos reíamos porque mamá osa se parecía a Gladys, y nos reíamos bajito, como en secreto, para que no se enterara. «No existe tal cosa como demasiado cumpleaños», le decía papá oso a mamá osa. Pero al final se equivocó: la hija oso se echó a llorar porque no quería tanto cumpleaños; ni tanto juego, ni tanto regalo, ni tantas velas, ni tanto premio, ni tantos besos, ni tantos invitados, solo dos o tres cosas de esas.

Cuando estábamos a punto de doblar por la calle donde estaba la Funeraria Boulevard encontramos dos patrullas bloqueando la calle. Gladys se preocupó y me pidió que me estacionara por una esquina para preguntar. Le advertí que no le dijera nada a los policías sobre Gabriela para no complicar el asunto, pero no sé si llegó a escuchar. Frente a la funeraria había una cinta de esas amarillas plásticas amarradas a un poste y detrás había gente mirando. Cuando regresó me dijo que parecía que habían asaltado Cano's Pizza y que todos los negocios en la calle estaban cerrados, incluyendo la funeraria, porque creyeron que el asaltante se escondió dentro de la funeraria. Así que los que estaban detrás de la cinta no eran curiosos como pensamos, sino los que estaban dentro de la funeraria que tuvieron que salir y darle los nombres a los policías para confirmar que no eran asaltantes.

Gladys me pidió que nos metiéramos por la Boulevard entrando por la carretera 167. Aprovechamos el tráfico lento y los semáforos para de una vez buscar a Gabi. Nadie que nos viera mirando los negocios pensaría jamás que nosotros andábamos buscando a nuestra hija escapada en un carro fúnebre, porque nadie piensa que escapar en un carro fúnebre sea una buena idea. Casi frente a la farmacia Caridad, vimos un carro fúnebre en un Taller de Hojalatería y Pintura y me estacioné en la acera. Nos bajamos con la idea de que yo iría a preguntar por el precio de alguna pieza, para disimular, mientras Gladys miraba dentro del coche fúnebre a ver si Gabi estaba allí. Pero no tuve ni que preguntar porque el carro fúnebre estaba lleno de parchos de bondo y aún le faltaba que lo pintaran. Era un carro viejo, casi una reliquia y tenía un estilo como el de *Los cazafantasmas*. ¿Por qué se parecen tanto las limusinas y los carros fúnebres?

Gladys quería parar en cuanto negocio de mantecados o frapés existía en la Boulevard, pero no vimos nada parecido a un carro fúnebre estacionado. Le sugerí pasar por la pista, al lado del Pep Boys. Dimos vueltas por los alrededores, por las canchas de voleibol, y por el gimnasio. No preguntamos, porque hubiera sido ridículo preguntar si alguien había visto un carro fúnebre negro por allí, y le confesé a Gladys que Gabi se había escapado dos veces. Me escuchó sin decir nada, pero era como si lo dijera todo. Le dije que Gabi me llamó a la oficina y la recogí aquí en el parque. Aproveché y le conté lo de la reválida y luego me la llevé a la oficina. Gabi me ayudó a pegarle el número de teléfono al anuncio de «Se renta» en el cristal. Crucé la avenida Sabana Seca y pasé por la oficina, pero no vimos nada, todo estaba igual, salvo que el sol había mareado el rojo carmín del anuncio y había despintado el número de teléfono; ahora parecía una tarjeta de San Valentín pasada de fecha.

Levittown Memorial quedaba justo en la frontera entre Levittown y Sabana Seca. Al frente tenía una gomera bastante ruidosa. Parecía más un bar que una gomera. Solo faltaba un karaoke. En realidad, creo que había un karaoke y nadie se atrevía a cantar mientras le arreglaban una goma.

No vimos ningún carro fúnebre estacionado ni al frente ni atrás. Parecía que tampoco había ningún funeral adentro. Nos estacionamos, nos bajamos y Gladys me agarró la mano; hacía tiempo no lo hacía. En la entrada, vi a un empleado limpiando la alfombra con una aspiradora. Le preguntamos por la oficina del gerente y, sin apagar la aspiradora, me la señaló. Caminamos hacia el fondo todavía agarrados de manos; olía a café, a bizcochito de maíz y a cloro barato. Tocamos la puerta y adentro vimos a alguien más o menos de nuestra edad, encorbatado, con las típicas entradas en la frente de nuestra edad, que llenaba facturas. Me pareció conocido, pero no tenía ganas de buscar en mi cabeza dónde lo había visto antes, probablemente en algún cementerio. Nos presentamos y se sorprendió de vernos allí, aunque disimuló diciendo algo así como al fin conozco a los papás de Gabi. No me gustó que dijera *Gabi*.

Nos ofreció sentarnos y nos negamos o se negó Gladys y a mí no me quedó más remedio. Había fotos por todos lados: un carro fúnebre antiguo con su nene sentado en la capota sonriendo, una mujer que parecía ser su esposa, fotos de la funeraria de hacía diez o quince años y algunas fotos más recientes. En una de ellas aparecía Gabi con su novio. Gladys comenzó a subir la voz: «Qué hace mi hija ahí, con qué derecho, ella es menor de edad, lo vamos a demandar». Nos pidió que nos calmáramos y dijo que su nene apenas tenía diecinueve, que Gabi siempre nos dijo que venía con el permiso nuestro y que su hijo era un muchacho serio: que el año pasado él mismo decidió preparar el cuerpo de su mamá cuando murió de cáncer.

Sonó raro cuando lo dijo, pero lo entendimos; entendimos la razón de todas las fotos en la oficina; entendimos su tristeza lejana; entendimos la corbata apretada; entendimos su calvicie; entendimos su serenidad; entendimos las camisas sin líneas, las arrugas de la frente, la forma en que escondía su crisis económica, y si hubiera estado cantando en el karaoke de la gomera también lo hubiera entendido todo.

—Quiero que llame a su hijo, ahora, y le diga que traiga a nuestra hija de vuelta —dijo Gladys con furia.

Si no llega a ser porque estábamos en la funeraria, Gladys me hubiera dicho, con su voz de karaoke, lo mismo que decía cada vez que peleaba con Gabi y me pedía que yo interviniera: «Ven tú porque te juro que si no vienes la voy a dejar calva y no va a salir nunca más de su cuarto, nunca».

El dueño de la funeraria levantó el teléfono que estaba encima del escritorio; era un teléfono de cuadro, con cuatro líneas, llamadas de espera y botones que dejan a uno en espera, con musiquita suave, no de karaoke, quién sabe si también tenía anuncios de ofertas. Siempre que veía uno de esos teléfonos pensaba en mi difunto padre, que trabajó en la antigua Puerto Rico Telephone Company. Lo intentó varias veces, pero no respondió. Y excusó a su hijo diciendo que debía estar ocupado, que su hijo le hacía muchos favores, que solo tenían un coche fúnebre disponible y que el otro estaba en el taller mecánico.

—Pues el muy trabajador de su hijo —dijo Gladys en tono sarcástico— buscó a nuestra hija al colegio.

El dueño no se sorprendió, pero era evidente que le molestó el asunto y ofreció disculpas.

—Le repito, Gabi ha venido mucho aquí. La queremos mucho. Es la primera novia que tiene mi hijo desde la muerte de su madre. Nunca lo había visto tan feliz y aquí hemos tratado a su hija con mucho respeto.

No supimos qué decir o dije lo que se supone que dijera: que lo íbamos a demandar. Pero lo dije sin ningún convencimiento. Lo vi ponerse muy nervioso, y dijo que no era necesario y que quería negociar. Entonces sacó un papel y empezó a escribir. No me dijo nada, solo me pasó el papel.

—¿En serio? Esto no se trata de una negociación. Te espero en el carro —me dijo Gladys.

Esperé que se fuera para abrir el papel. Al principio no entendí. Había unos números con descuentos. Y me pareció que era una oferta muy buena.

—Gabi me dijo de los problemas económicos por los que usted está pasando. Ahí le dejo la oferta, lo discute con su esposa y me deja saber. También sé que su madre está muy enferma. Cosa que siento mucho. Sé lo que significa eso.

Y me habló de lo sacrificado que había sido todo, que su madre y su esposa murieron con un mes de diferencia y que, a pesar de estar acostumbrado a realizar ese tipo de trabajos, fue muy duro para él y para su hijo. Lo que faltó fue que me extendiera una oferta de empleo, a la que le hubiera dicho que sí.

Salí de la oficina un poco aturdido y con la extraña sensación de que así iba a ser mi vida de abogado. Le dije a Gladys que nos habían ofrecido un servicio funeral casi gratis, con el servicio completo: velatorio, flores a nuestro gusto, adornos, tarjetas, invitaciones, el mejor ataúd, de metal, con empuñaduras en bronce, acojinamiento. Casi parecía un cumpleaños, pero al revés. Abajo, en letras pequeñas decía que lo podíamos redimir cuando quisiéramos y con quien quisiéramos, y que era transferible: «Con mi madre o con la tuya», le dije a Gladys, «con la primera que muera».

Sonó horrible cuando lo dije, pero Gladys no se indignó; se quedó mirando por la ventana del carro. Cuando llegamos a casa entró sin decir nada. Yo ni siquiera entré. Me subí al techo. Y me senté a pensar en la oferta de la funeraria. Olía a mangle y a Whopper Junior del Burger King que quedaba frente a la entrada del balneario Punta Salinas. Ya estaba cayendo la noche. Abrí la paila y me sorprendí de que las cervezas estuvieran frías todavía, aunque olían un poco al líquido de sellador de techo. ¿Así era que olía el poliuretano? Escuché la ducha y supuse que Gladys se estaba bañando para ir a buscar al nene. Al rato, Gladys subió con el pelo mojado y perfumada. Me pidió una cerveza, y no le extrañó que la sacara de la paila de sellador de techo. Le dio dos o tres sorbos tímidos. Le ofrecí mi silla, pero me dijo que prefería estar de pie para ver el momento en que Gabi se dignara a aparecer. Me dijo que la vista estaba hermosa y pensé que me diría que me fuera despidiendo del paisaje, que regresaríamos a la Séptima Sección, pero me agarró la mano y me la puso por detrás de su espalda como para que la abrazara o tal vez algo más. Temí que me dijera lo que tantas veces: que yo no sabía ni quitarle el broche a su brasier.

Se puso de frente, me miró a los ojos y dijo que había pensado mucho en la oferta de la funeraria, que a su madre le iba a encantar tener un funeral así de lindo. No supe qué decir y se me pegó para darme algo más que un abrazo. Sabía lo que Gladys estaba haciendo, pero me dejé llevar. Sentí su pelo mojado y el olor a acondicionador, que se parecía un poco al poliuretano. Por encima de mi hombro ella miraba la parte menos mohosa de la pompa de Levittown y por encima de su hombro yo podía ver el mangle de la desembocadura del lago y el puentecito de la carretera 165 con la baranda de cemento rota. Deslicé mi mano por su espalda siguiendo el brasier, como si cruzara un puente atirantado, hasta que llegué al cierre y cerré los ojos para concentrarme: pensé en las empuñaduras de bronce de la oferta de la funeraria. Al rato lo desabroché y escuché cuando Gladys dijo algo, entre el murmullo y el alivio.

DATSUN, 1982

Mi padre tenía un Datsun viejo, chocado por todos lados, y que siempre se quedaba abierto. Ninguna de las ventanas de las puertas funcionaba bien y, cuando no nos mojábamos por la lluvia, nos achicharrábamos de calor. Mi lado subía hasta arriba, pero solo bajaba hasta la mitad. En cambio, el lado de mi padre ni bajaba ni subía: se quedaba con un hueco de una o dos pulgadas. «Vino así de fábrica, y solo hay uno en el mundo», dijo mi padre una vez. Otras veces me decía: «Le compré el carro a un tipo en el bar La peseta cuando estabas a punto de nacer porque no tenía forma de llegar al hospital y no me fijé que las ventanas estaban dañadas». De todas las versiones, mi favorita era cuando le daba dos o tres golpecitos con el nudillo al cristal y decía: «Esta ventana me salvó de un robo el mismo día en que ibas a nacer. Estaba saliendo de Agapito's Place y un tipo se acercó por la puerta y me puso una cuchilla en la garganta. Subí el cristal lo más rápido que pude y le pillé la mano. No detuve el carro hasta que llegué al hospital. Mientras a tu mamá le hacían una cesárea, al tipo lo atendían en la sala de Emergencias por una fractura».

Me gustaban esas mentiras de mi padre. Así que cuando mi madre lo enviaba a dormir dentro del carro, después de una larga pelea, yo siempre le echaba cosas a mi padre por la ventana del conductor para que sobreviviera hasta el otro día. Por allí le arrojé tostadas con mantequilla, lascas de jamón, trozos de queso de papa, navajas de afeitar, su cepillo de dientes, calzoncillos, desodorante, cartas de béisbol repetidas, un álbum de fotos familiar, cigarrillos de mi madre, novelas de vaquero, dibujos que yo hacía, el periódico del día anterior, y cartas de la escuela para que me las firmara y mi madre no las viera.

Una vez en la clase de religión en el colegio escribí un ensayo en el que decía que la fe era como la ventana dañada del Datsun de mi padre por la que solo cabían cosas pequeñas, de una o dos pulgadas. A la maestra le gustó y me hizo leerlo frente a todos. Pero mi madre lo odió; no soportaba que me preocupara más por mi padre que por ella. «Eres un malagradecido. La que se jode trabajando para darte de comer soy yo, no tu padre. Además, sabes que odio ese puto carro». No sé en qué momento comencé a pensar que aquel destartalado Datsun sería mi primer carro, quizá la única herencia que podía darme mi padre. Todo eso cambió el día en que conocí a Mariana.

Por esos días yo apenas tenía trece años y mi padre intentaba regresar con mi madre por enésima vez. Ya había pasado de dormir en el carro al sofá. Pero el paso del sofá al cuarto parecía cada vez más difícil. Mi madre había puesto tres condiciones: un trabajo a tiempo completo (o dos a tiempo parcial), asistir a un programa de Alcohólicos Anónimos y pasar tiempo conmigo. Algo de todo eso estaba haciendo bien mi padre porque comenzamos a pasar más tiempo juntos. Lo acompañaba a todas partes: a sus trabajos, a conciertos de jazz o de salsa, a juegos de pelota invernal, a despedirse para siempre de sus amantes y a hacer encargos en la farmacia. Fue ahí donde la conocí.

Ambos estábamos esperando a nuestros padres en el estacionamiento de la farmacia Walgreens de la Avenida Sabana Seca; ella en un carro y yo en otro. Ella tenía un jumper de mahón, una blusa blanca con corte de uve y los ojos tan verdes como las manchas de grama en un uniforme de béisbol blanco. El pelo rizo —más negro que castaño— estaba a una o dos pulgadas de rozarle los hombros, excepto la pollina que caía lacia casi encima de sus cejas. Cuando miró, cambié la vista. Me puse nervioso. Miré por el rabillo del ojo para ver si ya no me miraba y ella hizo lo mismo. Así estuvimos un rato, mirándonos con el rabillo del ojo de carro a carro, hasta que ella miró justo cuando creía que no me estaba mirando. Sonrió y vi que usaba *brackets* en los dientes. Pensé en las veces que lamía el queso derretido en el papel de aluminio con el que suelen envolver las empanadillas de pizza. Se movió al asiento del conductor para hablarme y sentí que la cara y las orejas se me ponían rojas. Debía tener uno o dos años más que yo, luego supe que vivía en una urbanización entre Levittown y Bayamón, y que sus padres, al igual que los míos, intentaban volver. Fue ella quien primero bajó su ventana. No tenía manivela ni estaba dañada, solo apretó un botón. Me disculpé por mi ventana y le expliqué que solo bajaba hasta la mitad.

Lo primero que preguntó fue qué marca y qué sabor de jarabe para la tos le gustaba a mi padre. No supe qué contestar. Me excusé y le dije que no había escuchado bien la pregunta, y puse mi oreja cerca de la mitad de la ventana que estaba abierta. Mientras la escuchaba, lo entendí todo: aquella era la razón de por qué —desde que decidió volver— mi padre visitaba todas las farmacias de Levittown, y ya no llegaba con olor a alcohol, y pasaba tiempo conmigo, y ya no lo botaban de sus trabajos, y le daba besitos en el cuello a mi madre en la cocina, y mi madre le decía a mi padre que su boca olía a chicle y a frutas.

—De *cherry* —dije.

—A mi padre también —dijo—. Pero ahora está probando el de uva porque el de *cherry* parece que le está cayendo mal. Y tu papá, ¿vende las cosas de la casa? —preguntó.

Tampoco sabía, pero imaginé que sí y recordé las veces que escuché a mi madre maldecir cuando no encontraba la licuadora, las ollas, el televisor o las bocinas del componente. Tan pronto discutían, iba al patio o subía al techo por las rejas de la marquesina. Mi padre decía que él trabajaba duro y mi madre decía que no, que él siempre había sido un fracasado, un alcohólico, un drogadicto, un cobarde y no sé qué más porque mi madre —que era trabajadora social— se ponía técnica y no me iba a poner a buscar palabras en el diccionario.

—¿Llegó a vender cosas tuyas? —preguntó.

—Claro —le dije por salir del paso.

—¿Como qué? —preguntó.

No pensé que preguntaría detalles. Me quedé en blanco. Descarté mi bicicleta porque era vieja y estaba llena de moho. Mi guante de béisbol estaba usado, escrito y sucio. Como no se me ocurrió nada, mentí. «Deja ver por dónde empiezo», le dije para disimular y miré hacia arriba como actuando que pensaba, hasta que tuve una idea cruel, porque aún no sabía si mi padre sería capaz de algo así.

—Mi colección de cartas de béisbol —le dije y casi sonrío al verla sorprendida—. Llevábamos años coleccionándolas. Eran valiosas. Había una carta de Peruchín Cepeda, que era el jugador favorito de mi padre, y una de Roberto Clemente.

Mariana abrió los ojos, se puso las manos en la boca, sorprendida, y me interrumpió para decirme que, hacía poco, ella había hecho un informe oral sobre Clemente en una clase.

—Mami se puso furiosa y lo botó de casa: «¿Cómo se te ocurre hacerle eso a tu hijo? ¡Y no me vengas con eso de que las compraste tú con tus chavos! ¿Qué es lo próximo? ¿La bicicleta? ¿El guante de béisbol? ¿El Nintendo? ¿Ah? ¿Dime? ¡Eres un cobarde, un hijo de puta! ¡Me das asco!» —le dije imitando la voz de mi madre.

—La mía se puso igual cuando se dio cuenta que mi padre había vendido mi violín, mis pantallas, y una cadenita de oro con mi nombre —me dijo—. No lo dejó volver a dormir en la cama hasta que consiguió todo de vuelta. Y lo hizo. Me trajo hasta la cadenita con mi nombre.

Y me la enseñó. Le colgaba del cuello. Las letras estaban en cursivo. Brillaban. Se echó un poco hacia al frente para que pudiera verla mejor y, sin querer, se las vi, apretaditas debajo de la blusa. Se parecían a los globos de cumpleaños que solía llenar de agua para jugar guerra con mis amigos a la salida del colegio. Recordé una foto que hay en un álbum familiar. Mi madre me está cargando con una blusa parecida a la de Mariana. Estoy en esa edad en la que ya no me pueden cargar. Parece que mi madre quiere hacerse la fuerte. Está a punto de ponerme en el piso porque le resulto muy pesado. Se le ven los senos apretados, igual que los de Mariana. Detrás hay muchos globos de cumpleaños. La foto se ve movida; cualquier fotógrafo la hubiera descartado.

Hubo un silencio entre los dos. Mariana me había preguntado bastantes cosas ya, y era mi turno. Todo lo que se me ocurría lo descartaba; no quería sonar como un niño. Sospechaba que si dejaba pasar un rato más sin preguntarle nada podía perderla para siempre; volvería a su asiento, me diría adiós y subiría el cristal con un botón. Lo único que tenía que hacer era pedirle su número de teléfono, preguntarle dónde vivía para ir en bicicleta a visitarla o simplemente invitarla a un juego de béisbol. Pero no pude.

—¿Cuál es la farmacia que más te gusta en Levittown? —le pregunté esperando tal vez que me dijera que Walgreens porque nos acabábamos de conocer allí mismo. Y la imaginé diciéndomelo con una sonrisa, pronunciando la doble ve con pausa, despegando los labios poco a poco, echándose hacia al frente y yo mirando sus pechos apretados por entre los huecos que dejaba el nombre en cursivo de la cadenita de oro. Pero no fue así. Miró hacia el cielo buscando una respuesta, y cuando eso sucede es que las cosas no andan bien, porque ahí es cuando las nenas quieren que uno juegue con ellas a las adivinanzas, y para eso, según mi padre, no somos buenos.

—La farmacia que más me gusta no tiene nombre.

«Se acabó todo», pensé. «Hasta aquí, buen intento, Dani. Hiciste lo que podías», me dije. Porque eso es lo que siempre me sucedía con las nenas mayores que yo: me veían cara de confesionario y después de un rato comenzaban a contarme boberías de su novio o del nene que le gusta en la escuela. Para mi sorpresa, Mariana siguió hablando de la farmacia y entendí que lo decía en serio. Dijo que era una farmacia extraña, que tenían todo tipo de medicinas, y que solía ir allí desde que a su padre no le vendían medicamentos en otras farmacias. Me dijo que el sitio no tenía un horario fijo, que había que esperar en el carro mucho rato hasta que alguien abriera una puerta que en realidad parecía una ventana. Pero «lo más, lo más, lo más» que le gustaba era que estaba bien cerquita del tanque de agua de Levittown. Y eso le encantaba. No sabía por qué.

—Siempre he querido subirme —dijo—. Mi padre dice que allí ya no hay agua, pero yo no le creo. A mí me está que nos dicen eso para que no nos subamos y no veamos nuestras casas desde allá arriba.

En ese momento un tipo con camisa de botones, gafas y corbata abrió la cerradura y Mariana se movió al asiento del pasajero. Asumí que era su padre. No sé si fue ella o él quien comenzó a subir la ventana, pero al menos vi cuando Mariana se despidió con la mano. Yo hice mismo y tal vez por eso no recuerdo la marca del carro. Parecía un Volvo o un Mercedes. Tampoco recuerdo el color. A veces es verde; otras, azul cielo. Pero casi siempre es gris, como los *brackets* de sus dientes o el papel de aluminio de las empanadillas de pizza.

Al rato, llegó mi padre con una bolsa plástica. Hice como si buscara un dulce o la bolsa de papitas que siempre me traía y vi que adentro tenía tres cajas de NyQuil: dos con sabor a *cherry* y uno de uva. Miré la etiqueta y entre los ingredientes vi que tenía alcohol. Mi padre comenzó a disimular y a toser. Se excusó diciendo que tenía un catarro terrible por culpa de uno de sus trabajos. Yo lo miré con desconfianza y dijo que casi no le hacían nada y que a veces tenía que beberse hasta dos para que se le quitara rápido.

Durante todo el camino a casa no dejé de pensar en Mariana. Y tan pronto llegué, fui a mi cuarto y busqué en mis gavetas a ver si me quedaban globos. No encontré ninguno, pero me topé con mis cartas de béisbol. Estaban todas en su lugar y hasta las cartas repetidas seguían repetidas. No salí de mi cuarto en toda la noche, salvo a comer y ver la parte final de un juego de béisbol que mi padre veía en el sofá; empezaba la postemporada y mi madre solo veía béisbol con nosotros cuando comenzaba la Serie Mundial.

Esa noche soñé que estaba en un juego de béisbol en el parque de la Tercera Sección y que no podía atrapar ninguna de las bolas que bateaban por el jardín izquierdo. Se me caían del guante. Los Calamares de Levittown perdían por mi culpa y todos me abucheaban. Como suele suceder en los sueños, de pronto apareció Mariana, me agarró ~~de~~ la mano y salimos del parque. Corrimos por las calles agarrados de las manos y ningún perro nos ladró. Cruzamos la

Boulevard hasta que llegamos al tanque de agua y subimos. La vista era increíble, se podía ver la curvatura de la Tierra. Parecía que estábamos en uno de esos planetas enanos que aparecen dibujados en *El principito*. Para intentar acercarme le dije que desde allí se veía el Leprocomio de Isla de Cabra. Tomé su mano, como si le enseñara a disparar, y le indiqué dónde estaba. Le dije que allí, hacía siglos, era que encerraban a los que les daba lepra. Me acerqué a Mariana y vio mis intenciones. No se alejó, pero sacó de su bolsillo un pote de NyQuil de *cherry* y dijo que con eso me iba a enseñar a besar, porque se me notaba en la cara que nunca había besado a una chica. Abrió la caja, sacó el vasito transparente que acompaña al pote, se sirvió casi el vasito entero —20 ml—, se lo bebió de un sorbo y lo que quedó en el fondo lo lamió. Pude ver su lengua moviéndose por las paredes del vasito. «Así es que tienes que hacer», me dijo. «Te toca», y me sirvió 10 ml de jarabe. Me lo bebí de un sorbo y tosí. Sabía amargo y dulce. Mariana soltó una risita burlona. Cuando iba a comenzar a lamer lo que quedaba en el fondo del vasito, mi madre me levantó.

En el colegio fue todo un desastre. Dormí en las clases de Religión y Matemáticas. En Biología la pasé leyendo el capítulo de los peces globo y en Español lo único que hice fue escribir en mi libreta las palabras que podía hacer con las letras en el nombre de Mariana: mar, rima, ama, rama, ira. Cuando mi padre me vino a buscar, le conté lo de Mariana y le pedí que, en vez de ir a la práctica, fuéramos a todas las farmacias de Levittown a buscarla. Se quedó callado durante un rato. Sabía que le estaba pidiendo algo casi imposible, porque el béisbol era lo que en realidad sucedía entre nosotros. Para cualquiera de mis compañeros de equipo tener un padre alcohólico era ideal, porque no había forma de defraudarlo: si no atrapas una roleta no importa, tu padre se emborracha y hace el ridículo frente a todos y te perdonará; si te ponchas con bases llenas, tranquilo tu padre es un drogadicto de mierda y te perdonará. Pero las cosas con mi padre nunca eran tan sencillas.

Primero me dijo que no con la cabeza. Después vinieron las explicaciones, nada que me sorprendiera. Al principio fue sutil, pero después subió un poco la voz, como si de pronto le hubieran dado ganas de ser mi padre.

—No te imaginas las cosas que he tenido que hacer para regresar con tu madre, Dani. El mueble me está matando el cuello y no pienso volver a dormir en el carro.

Me quedé en silencio escuchándolo y esperé a que nos detuviéramos en un semáforo para darle el golpe del cual no creo que ninguno de los dos se recuperó jamás.

—Si no me llevas, le digo a mami lo del jarabe, y que me usas para comprarlo. Sabes que ella me va a creer más a mí que a ti.

Mi padre se quedó frío. Jamás pensó que diría algo así.

Ese mismo día, fuimos a tres farmacias: a Walgreens, a Lago Vista y a Carimás, pero no encontramos a Mariana. Y así estuvimos durante poco más de una semana. Tal vez dos. Mi padre me buscaba a la escuela y comenzaba nuestro recorrido. Los primeros días fuimos a todas las farmacias en una misma tarde. Luego escogíamos una y nos quedábamos en el estacionamiento hasta que nos cogía la noche. A veces, mi padre se bebía tres y hasta cuatro botellas de NyQuil mientras leía el periódico. Otras veces dormía. Con los días, los guardias de seguridad que vigilaban los estacionamientos comenzaron a sospechar. Primero dije que mi padre estaba esperando una receta. Luego que mi madre trabajaba allí. Cuando me quedé sin mentiras le pedí a mi padre que me llevara cerca del tanque de agua de Levittown porque por allí, había dicho Mariana, había una farmacia clandestina.

Mi padre puso cara de desconfianza, pero aun así fuimos. Dimos vueltas. Nos estacionamos frente a diferentes casas, siempre con el tanque de agua casi debajo de nosotros. No le perdía la vista a cada carro que pasaba y, cuando me cansaba, echaba el asiento hacia atrás y miraba el tanque pensando que Mariana también lo estaría mirando desde otro lugar. «Esa niña te mintió», dijo mi padre. «Esa niña jugó contigo».

Uno de esos días, cuando regresábamos a casa, encontramos a mi madre fumando un cigarrillo mientras le echaba agua a las plantas del frente, y ella nunca le echaba agua a las plantas del frente. Mi padre dejó el carro encendido y dijo que le pusiera seguro a la puerta. Tan pronto nos vio mi madre cerró la llave del agua, se acercó a mi ventana y comenzó a gritar: qué dónde estábamos metidos, que por qué yo llevaba tanto tiempo sin ir a la práctica de béisbol, que si mi padre me estaba usando otra vez para pescar mujeres. Mientras gritaba, le daba manotazos a la capota, al cristal y trataba de abrir la puerta. «Me haces el favor y te bajas ahora, coño», dijo, pero no lo hice. Nunca había visto a mi madre así.

—Si no te bajas a la buena te bajo a la mala.

Vi a mi madre subir la cuestita de la marquesina, abrir la llave del agua y halar la manguera. Se acercó a la ventana y comenzó a echarnos agua. Subí el cristal lo más rápido que pude. Sin pensarlo dos veces, mi madre dio la vuelta por el lado de mi padre y metió la manguera por el hueco de la ventana. Mi padre intentó tapar el hueco con las manos, pero fue imposible. Nos protegimos, ridículamente, como todo el mundo se protege del agua. En medio del forcejeo, empezaron a gritarse. Mi padre decía que el agua estaba fría, que por favor se calmara, y mi madre decía que se bajara, que no fuera cobarde, ni cabrón, ni hijo de puta, y que no le enseñara esas cosas a nuestro hijo. Mi padre puso el carro en reversa, pero mi madre se subió al bonete y se agarró de uno de los *wipers*. Mi padre detuvo el carro y mi madre se resbaló y cayó al suelo. Cuando iba a abrir su puerta para ayudarla, mi madre se levantó más furiosa aún y le rompió un *wiper*. Hasta escupió el cristal. Y, antes de que recogiera la manguera del suelo para volver a echarnos agua, huimos.

Nos dimos cuenta de lo mojados que estábamos cuando nos paramos en el estacionamiento de una gasolinera. Mi padre se quitó la camisa, la exprimió y trató de secar el asiento. La camisa del colegio no estaba tan mojada como para quitármela, pero mi padre dijo que me la quitara para que no me enfermara y la puso en la capota del carro. Los que echaban gasolina nos miraban raro. Nos sentamos en el baúl del carro a esperar que el sol secara nuestras camisas. No queríamos regresar, pero sabíamos que en algún momento tendríamos que hacerlo. Había presenciado la peor pelea entre mi padre y mi madre, y todo era mi culpa. Al menos una parte de ella.

Entre las bocinas de los carros que pasaban por la avenida y la música de los carros que se paraban a echar gasolina, mi padre comenzó a hablar. Contó la historia de cuando compró el Datsun y cómo fue que en realidad se habían dañado las ventanas del carro. No sé por qué lo hizo. Tal vez era que estábamos sin camisa. Hubiera preferido que no me contara nada.

La última vez que subí al Datsun acababa de cumplir catorce años. Mi madre me había pedido que ayudara a mi padre a mudarse a un apartamento en lo que ella vendía la casa para irse a Orlando. El carro venía lleno de cajas y ropa sucia en bolsas de basura. Lo único que se escuchaba entre nosotros era el ruido del viento golpeando las bolsas de ropa sucia como a una chiringa.

Antes de llegar a su nueva casa, mi padre se detuvo en un nuevo Walgreens que habían abierto en un pequeño *shopping mall*, en donde también había un club de video, un restaurante de comida china, una pizzería, una agencia hípica y la oficina de un dentista. Lo esperé en el carro, como siempre hacía. Miré todos los carros que entraban y salían, y no vi a Mariana. Supe que jamás la volvería a ver.

Al rato, mi padre regresó y busqué en la bolsa. Saqué un pote de NyQuil con sabor a *cherry*, le quité el envase con medidor —cada vez son más difíciles de abrir— y bebí. Me quemó un poco la garganta.

—Siento que me voy a enfermar —le dije a mi padre y luego le di el pote.

Mi padre continuó bebiendo durante el camino y cuando apenas le quedaban dos o tres buches, me ofreció más.

AMARILLO

El novio de mi exmujer iba a venir a casa a buscar unas cajas, y yo lo estaba esperando en una silla de playa, frente al televisor. Meses atrás, Mari y yo habíamos llegado a un acuerdo: ella vendría a recoger sus cosas tan pronto nuestra hija se marchara a estudiar fuera del país, y yo me quedaría viviendo en la casa para pintarla y así ponerla en venta. Pero nuestra hija ya se había ido, y ni yo había pintado la casa ni Mari había venido a buscar sus cosas.

Pasaban la repetición de un juego de béisbol de la postemporada cuando tocaron la puerta. Había bebido algunas cervezas, pero no muchas porque le prometí a Mari que no causaría problemas. «No lo vayas a tratar mal, que él no tiene la culpa», me había dicho por teléfono en la mañana. Recogí las latas vacías de cerveza y llevé al fregadero los platos que hacía días estaban encima de una paila de pintura sin abrir. Caminé hasta la puerta sorteando las losetas entre las cajas. Había cajas por todos lados: encima del sofá de la sala, en la mesa del comedor, en el pasillo; todas de Mari. Cada una identificada con marcador negro: Documentos, Cocina, Zapatos, Carteras, Libros, Adornos de Navidad, Discos, Videocasetes, CD, Decoración, Productos de Limpieza. La caja más pequeña decía Andrea —el nombre de nuestra hija— y la más grande, Danza, en la que Mari había guardado todos los documentos, premios, placas, fotos y recuerdos del tiempo en que tuvo una academia de baile en la Boulevard, que nos dejó con una rehipoteca entre las costillas.

—Vengo a buscar las cajas de Mari —dijo cuando abrí la puerta.

Era más alto, mucho más joven que yo, y bien parecido. Tenía la espalda ancha, los hombros bien formados, un tribal tatuado alrededor de los brazos, una barba de tres días bien arregladita y estaba vestido como los modelos de ropa deportiva que salen en los *shoppers* de Sears o de JCPenney.

Le pedí que entrara, que perdonara los regueros y que tuviera cuidado que no fuera a tropezar con el árbol de Navidad artificial envuelto en una bolsa plástica negra en el recibidor y con los cuadros que estaban en el piso recostados de la pared. Él dijo que no me preocupara y antes de entrar me extendió la mano. Yo se la di. Me apretó la mano fuerte y asumí que fue algo involuntario, que sus músculos tenían vida propia. Le ofrecí una cerveza para que se relajara un poco, pero dijo que no, porque entraba a trabajar dentro de unas horas.

El novio de mi exmujer trabajaba en el Olympus Fitness Club que abrieron hacía poco por la carretera 167. Mari lo conoció en la boda de un primo de ella a la que yo no fui, porque ya habíamos decidido separarnos. Mi excuñado —el hermano de Mari— me pidió que fuera a la boda y que luchara por ella. Llegué a vestirme, pero luego me arrepentí; vi, con la etiqueta puesta, cómo Los Medias Rojas de Boston perdían frente a Los Orioles y quedaban fuera de aquella temporada. Fue en la boda —me contó mi excuñado— que ese tipo convenció a Mari de que se fuera a trabajar con él al gimnasio como instructora de aeróbicos porque su experiencia como bailarina le ayudaría mucho. Y eso fue lo que hizo: ahora ella trabaja tres días a la semana en el gimnasio y lo que gana se lo envía a nuestra hija. Los días que está libre visita a mi padre en el asilo o lo lleva a las citas médicas.

—¿Cuáles son las cajas de Mari? —preguntó.

—Todas —dije—. ¿Seguro de que no quieres nada de beber?

—No —dijo y miró una foto enmarcada de Mari y Andrea en la Academia de Ballet haciendo la primera o la segunda posición. Nunca aprendí los pasos.

—Abrieron un pub donde estaba la Academia —dijo, no sé si alegre o triste.

Tardé en decirle «ujum». Apagué el televisor y me puse las chancletas.

Comenzamos por las cajas del pasillo. Al principio, lo único que se escuchaba entre nosotros eran los ruidos de las cosas que había dentro de las cajas cuando las levantábamos, el chillido de sus tenis deportivas y mi chancleteo. Pero después, cuando las cajas se hicieron más pesadas, comenzaron las frases que uno suele decir cuando carga cosas entre dos: «Cógela por debajo, que no se vaya a abrir», «Esa ponla aquí», «Esa déjala para después», «Esta no pesa», «Esta sí», «A la cuenta de tres: uno, dos, treeees». La cosa mejoró cuando hablamos de su *pick-up* Toyota Tacoma negra del año, del béisbol de la postemporada, de los dieciséis años que yo llevaba trabajando en la Colecturía del Municipio de Toa Baja, de lo mucho que había cambiado Levittown, de los ejercicios que yo podía hacer para bajar unas libras, del frío que debía estar pasando Andrea en Boston, de las bocinas de mi componente, y de lo bien que le iba a Mari en el gimnasio.

Jamás pensé que Mari abandonaría tan fácil el baile. No la podía imaginar de otra forma. De niña, solía bailar encima de las capotas y los bonetes de los carros estacionados en la acera, y era tan liviana que la lata no se hundía. Yo vigilaba, por un dólar, los carros de los que iban a las Fiestas Patronales de Toa Baja para comprarme un uniforme de béisbol y le pedí varias veces que se bajara de allí. Me ignoró. Le ofrecí el diez por ciento de mis ganancias si se bajaba. «¿Y cuánto es eso?», preguntó. Yo era mayor que ella por dos o tres años y como era bueno en matemáticas hice el cálculo con el dedo en el cristal sucio de un carro. Así estuvimos toda la tarde, escribiendo números en los cristales sucios de los carros, hasta que se hizo de noche.

Hacíamos el conteo para cargar una caja pesada entre los dos, cuando sonó el teléfono. Fui a cogerlo porque pensé que era Mari, preguntando cómo estaban las cosas, pero resultó ser una llamada del asilo donde estaba mi padre. Pedían que pasara por allí lo más rápido posible. Al parecer, mi padre tenía otro de sus arranques. O no se quería tomar los medicamentos, o había agredido a las enfermeras, o no se quería bañar ni comer. Le conté al novio de Mari lo que sucedía y él, sin pensarlo, dijo que me acompañaba. Me sorprendió su amabilidad, así que acepté. Tal vez Mari le había contado algo o le había pedido que fuera paciente conmigo. Nos fuimos en su Tacoma.

El asilo se llamaba Amapola. Quedaba en la marginal de la 165, frente a Playa Cochinos. Al llegar, vimos una ambulancia que atravesaba la entrada. Mi padre estaba en la acera junto a una enfermera que trataba de calmarlo. La enfermera era joven. Se parecía a mi madre, poco antes de morirse. Tan pronto me acerqué, mi padre me abrazó y dijo otro nombre que no era el mío. Estaba entripado en sudor, apestaba a orín, a mierda, y tenía manchas de sangre en el pijama. «La sangre no es de él», dijo la enfermera, «peleó con otro anciano y hubo que llamar una ambulancia». No pregunté detalles. Mi padre era más alto que yo y aún tenía fuerza. De mirar a la dueña del asilo, supe que tendría que sacar a mi padre de allí. Aquella era la tercera vez que lo sacaban de un asilo. Firmé papeles y me dieron las pertenecías de mi padre en una maleta pequeña. No devolvieron la caja de pañales que Mari le había llevado hacía dos días. Tampoco quise discutir.

Al ver la Tacoma negra del novio de Mari, mi padre comenzó a gritar. Dijo que no se iba a montar allí, porque él no se había muerto. Pensé llamar a Mari —ella sabía bregar mejor que yo—, pero se me ocurrió algo mejor.

Mi padre trabajó por mucho tiempo con máquinas de refrescos y de *snacks*. Las compraba, las colocaba en lugares estratégicos, les daba mantenimiento y las arreglaba. En la marquesina de la casa de mi padre siempre hubo máquinas con dulces o refrescos encajados. Solía acompañarlo y casi siempre subía a la cajuela de su *pick-up*. Pero tan pronto saqué la licencia de conducir, era mi padre el que se subía en la cajuela. Lo llevaba a hospitales, a escuelas, a negocios, y donde quiera que hubiera una sala de espera.

—Viejo —dije—, necesito que me ayudes con unas máquinas que se dañaron. ¿Me acompañas?

Así lo convencí. El novio de Mari movió algunas cajas y me monté con mi padre en la cajuela. Nunca habíamos estado allí los dos a la vez. En cada uno de los cuatro o cinco semáforos que había entre el asilo y la urbanización, mi padre me preguntó quién era, a dónde íbamos y qué había en las cajas. A todas las preguntas contesté lo mismo: «Soy tu único hijo, vamos a casa a rellenar unas máquinas y en las cajas hay dulces y papitas». Cuando nos acercamos al panel del intercom para abrir el portón de la entrada a la urbanización, le pedí a mi padre que apretara los botones. Le dicté los números. El portón abrió después de seis intentos y lo celebramos como si hubiéramos rescatado una barra de chocolate encajada en una de las tantas máquinas de *snacks* que arreglábamos juntos.

Tan pronto nos estacionamos frente a casa, vi a Mari llegar. Se bajó de su carro preocupada y se trepó en la cajuela. Mari lo agarró por un brazo y yo por otro para llevarlo hasta el borde de la puerta horizontal de la Tacoma. Abajo, el novio de Mari cargó a mi padre y lo puso en el suelo sano y salvo. Me pareció un gesto desesperado. Mari no le hizo mucho caso, pero yo le agradecí. Le dije que por favor entrara a casa y se sirviera una cerveza, en confianza, y le prometí que, después de que bañáramos a mi padre, lo ayudaría a terminar de subir las cajas.

—Busca toallas y ropa —dijo Mari mientras guiaba a mi padre por los escaloncitos de la entrada de casa.

Fui al cuarto y encontré una toalla limpia. Busqué ropa mía que le sirviera, y cuando entré al baño, Mari ya lo estaba bañando. Me dio pena interrumpir.

—Busca una bolsa para que botes la ropa de tu papá y la cortina de baño que está asquerosa. Tiene hasta limo —dijo Mari—. ¿Hace cuánto no lavas este baño? ¿Por qué no has pintado la casa? ¿Cuándo piensas cortar la grama del patio y pasarle máquina de presión a la acera del frente?

Ya no me molestaba escucharla.

—Agarra a tu papá, que no se vaya a resbalar —me dijo.

Y mientras lo enjabonaba la vi más flaca. Tenía el pelo pintado de negro, los músculos de la espalda y los hombros más definidos que nunca. Pero a mí siempre me gustaron las cosas que ella odiaba de su cuerpo. Adoraba las canas que le salían de raíz por las patillas a la semana de pintarse el pelo, las arrugas que se le hacían alrededor de los ojos —esas que llaman patas de gallo— cuando se reía, el chichito que se le hacía en las axilas cuando se ponía camisas de maguillo, el leve olor a sudor detrás de su cuello cuando fregaba los platos, los cardenales que se le hacían después de que se quitaba los brasieres de encaje, las marcas de la sábana en sus cachetes por la mañana, la forma que le sudaba la frente y la nariz, sus pies destrozados por el *ballet*.

—Te ves bien —le dije mientras ella le enjuagaba el pelo a mi padre.

Hubo un silencio familiar entre nosotros y lo único que se escuchó fue el agua cayendo en la bañera.

Cuando terminó de sacarle el champú, me dio el jabón para que lavara a mi padre «ahí».

—Ya es hora de que aprendas —dijo con una sonrisa.

Lo secamos, lo vestimos, le pusimos ropa y lo sentamos en la sillita de playa frente al televisor. Aún daban el juego. Estaba en la alta de la séptima.

—¿Tienes compra como para cocinar algo? —preguntó Mari.

Le dije que a lo mejor, y nos pusimos a rebuscar en los gabinetes de la cocina, como en los viejos tiempos. En la última quincena del mes —y todavía— nos quedábamos cortos porque tocaba pagar la rehipoteca. Encontramos una lata de habichuelas, un paquete de arroz sin abrir, dos latas de atún, sal, adobo, condimentos viejos, y una lata de espaguetis pasada de fecha. Mari cerró la puerta de los gabinetes y fue a la sala a hablar con su novio. Escuché el inicio de una pelea; nadie mejor que yo para saberlo.

—Hazme un favor —le dijo Mari—, ve a la guagua y búscame, en la caja que dice Cocina, la olla y el sartén.

—Pero Mari, entro ya mismo a trabajar —ripostó, incómodo.

—Eso es rápido, nene —dijo Mari—. Y de una vez, me traes una cuchara grande.

El novio de Mari salió molesto y yo me aguanté la risa. Me puse a fregar unos platos antes de que Mari me lo dijera.

Cuando ya teníamos el menú listo, sonó una música durísima en la sala. Fuimos rápido y vimos a mi padre bailando una de esas baladas pop que daban en la radio. Mari intentó bajar el volumen, pero mi padre la agarró por la cintura y comenzó a moverse tratando de buscar el ritmo. Mari me pidió que hiciera algo y, cuando me acerqué, mi padre me cogió la mano y la unió con la de Mari para que bailáramos. Yo nunca fui un gran bailarín y lo que hice fue seguir los pasos de Mari. Creo que fue la primera vez que Mari me dijo que no sabía cómo bailar una canción.

Mi padre sonreía moviéndose alrededor de nosotros. Mari y yo dimos unas cuantas vueltas y cuando miré al suelo para no perderme, vi que mi padre se había orinado encima. Varios hilos de orín amenazaban nuestros pasos entre las losetas blancas, como rayos de sol por entre las ramas de un árbol. Le advertí a Mari. Miró hacia abajo y dijo que no me preocupara.

—Lo único que tienes que hacer es no pisar el orín —dijo.

Y eso hice. Dimos dos vueltas más y hasta esquivé un hilo de orín que corría por la cuneta que divide una loseta de otra.

—¡Eso! —dijo Mari.

Mi padre nos miraba inmóvil en medio del charco amarillo, y nosotros bailábamos alrededor de él como si nada hubiera pasado. En una de esas vueltas, vi cuando el novio de Mari regresó con las ollas.

—Tu novio nos está mirando —le dije a Mari cerca del oído.

—Olvídate —dijo Mari.